KB137993

친구를
찾아서

심웅석 수필집

초판 발행 2019년 11월 29일
지은이 심웅석
펴낸이 안창현 **펴낸곳** 코드미디어
북 디자인 Micky Ahn **교정 교열** 오재령

등록 2001년 3월 7일
등록번호 제 25100—2001-5호
주소 서울시 은평구 갈현로 318-1 1층
전화 02-6326-1402 **팩스** 02-388-1302
전자우편 codmedia@codmedia.com

ISBN 979-11-89690-21-2 03810

이 도서의 국립중앙도서관 출판예정도서목록(CIP)은 서지정보
유통지원시스템 홈페이지(http://seoji.nl.go.kr)와 국가자료종합
목록 구축시스템(http://kolis-net.nl.go.kr)에서 이용하실 수 있
습니다. (CIP제어번호 : CIP2019047061)

정가 12,000원

이 책의 판권은 지은이와 코드미디어에 있습니다.
잘못 만들어진 책은 교환해드립니다.

친구를 찾아서

심웅석 수필집

심웅석

시간에 쫓기던 생활을 정리하고 홀로 걷는 고독한 인생길에서 '글쓰기'와 사귀면서, 때로는 힘들기도 하지만, 수시로 즐거운 위안도 받습니다.

수필을 쓰면서 지난날들을 반추하고 기억을 더듬어 보노라면, 어리석게 살아온 인생에 대한 후회와 성찰을 하게 됩니다. 아픈 가슴을 쓸어내리는 날이 많습니다. 동시에 앞으로 살아갈 날들의 나침판을 보여 주기도 합니다.

영상 문화가 활자 문화(문학)를 잠식하는 시대이지만, 진솔하게 내 영혼을 노래하면 더러 읽어보는 이들도 있으리라 믿고 작은 소리로 조용히 부르렵니다.

외로울 때나 삶에 지쳤을 때, 가끔 친구 해 주시면 감사하겠습니다. 부족한 글을 잡고 망설이는 내게 용기를 내보라고, 창 밖에서 환한 보름달이 다독여주고 있습니다.

심응석

_2019.11

Contents

1

사랑한다는 것

2

보고 싶다고

Contents

3 ————————————————————

흐르는 강

4

구세대의 자화상

Contents

5 ───────────────────────────────

독자가 왕이다

산수유꽃이 노랗게 피어있다. 아직도 추운 삼월 중순인데, 아마도 팔짱 낀 내 짝의 따뜻한 온기가 봄바람을 타고 나무들에게도 전해졌나 보다.

1부
사랑한다는 것

짝

요즘 들어 아내와 함께 성복천 둔치 길을 운동 삼아 거의 매일 걷는다. 그전에는 걷기 싫어하는 그녀를 두고 혼자서 걷는 때가 많았으나, 병원 건진(健診)에서 운동하라는 말을 듣고 난 후부터는 잘 따라나선다. 전에는 나이 많은 노인들이 부부 동반으로 짝을 이루어 걷는 것을 보면 많이 부러웠는데, 지금은 나도 그 대열에 서게 되었다. 혼자 걸을 때보다, 옆에 짝이 있으니 걷기가 훨씬 수월하다. 걷다 보면 내가 앞섰는데, 요즘은 내 걸음이 느려져서 아내가 앞선다.

오늘도 운동 나가는데 아내는 시커먼 썬 글라스를 낀다. 평소에 시력이 떨어졌다고 걱정하는 소리를 들었기에 "오늘 같은 구름 낀 날에 왜 그런 안경을 쓰나. 시력 나빠졌다고 하는 말이 이유가 있었네."라고 한 마디 했다. 그 말에 그녀는 그렇게 진하지도 않은 안경인데 그런 말을 하는가 하고 화가 난 듯, 씽씽 혼자서 앞서 걷는다. 뒤에서 천천히 걸으며 주위를 살펴보는데, 흐르는 냇물에는 오리들이 노닐고 있다. 자세히 보니 여기저기 놀고 있는 오리들이 모두 암수 짝을 지어 있는 것이다. 내 짝은 저 앞에 걸어가고 있는데 오리들은 정답게 붙어서 논다.

항상 걷다가 쉬는 벤치가 있다. 거기 앉아 있는 아내 옆에 앉으면서, 언젠가 읽은 적이 있는 말을 해 주었다. "걸음 속도가 느려지면 빨리 죽는다는데, 요즘은 내가 당신을 영 못 따라가겠네." 이 말을 들은 내 짝은 출발할 때 화났던 일이 모두 풀린 듯, 부드러운 표정으로 보조를 맞추어 남들처럼 옆에서 나긋나긋 걷는다. 오리뿐 아니라 까치들도 이 나무에서 짖으면 저 나무에서 화답을 한다. 모두 짝을 찾아 살고 있는 모양이다.

중간에 늘 들르는 카페가 있다. 여기서 넓은 유리창으로 들어오는 아름다운 전원주택들과 낮은 산을 바라보면서 아내는, "당신과 함께 커피를 마시면서 저 풍경을 바라보는 것이 내게는 잊지 못할 행복이에요."라고 말하곤 했다. 그 말이 내게는 '당신이 가고 난 후에도, 혼자라도 여기 와서 아름다운 추억으로 더듬어 볼래요.'라는 말로 들려와, 가만히 듣기만 했었다. 그렇게라도 짝 잃은 외로움을 달랠 수 있다면 다행이라는 생각이 들었다.

오늘은 일 주 후에 외래에서 듣게 될, 며칠 전의 병원 검사 결과가 걱정되는 듯, 아내는 "나는 별로 걱정 안 돼요. 괜찮을 거예요."라고 말한다. 이 말에 "나 역시 조금도 걱정 안 해, 죽으면 될 거 아냐." 농담 삼아 말했지만 속마음도 그랬다. '~인간에게 늙음을 주어 마음을 가볍게 하고, 죽음을 주어 쉬게 한다.'고 하지 않던가. 깜짝 놀란 내 짝은 "무슨 그런 무책임한 말을~." 하면서 말을 잇지 못한다. 오늘 새벽에 꿈을 꾸면서 끙끙댈 적에 무서운 꿈을 꾸는 것 같기에 깨워 주었더니, '짝이 없으면 안 되겠다. 짝이란 존재가 참 중요하다.'는 것을 꿈 깨면서 느꼈다는 것이다.

고해(苦海)라는 이 세상을 무겁게 걸어가는 길에서, 짐을 덜어주려고 조물

15

주께서 살아있는 모든 것들에게 '짝'이라는 이름의 동반자를 마련해 주시지 않았나, 추리해 본다. 오는 길에는 내 짝이 살포시 팔짱을 끼고 보조를 맞춘다. 도심처럼 복잡하지 않아 여유가 있어 좋고, 언제나 주위 산에서 푸른 숲을 바라볼 수 있어 행복하다. 잘 가꾸어진 단지 내 정원 길을 걸어오는데, 순백의 매화 꽃잎이 벌써 탐스런 수염을 쓰다듬고, 산수유꽃이 노랗게 피어있다. 아직도 추운 삼월 중순인데, 아마도 팔짱 낀 내 짝의 따뜻한 온기가 봄바람을 타고 나무들에게도 전해졌나 보다.

　　　시골에서 태어나 소년 시절을 지냈다. 막내로, 천방지축 겁이 없고 고집이 있었다. 초등학교 6년, 중고 6년을 매일 왕복 10km가 넘는 통학 길을 걸어 다녔다. 귀가해서나 방학 때에는 반 농사꾼으로 살아야 했다. 그때는 학습지 표지에 나오는 서울 학생들의 해맑은 사진을 보고 한없이 부러웠다. 하지만 지나고 보니, 이 고난의 행군이 건강도 받쳐주고 불굴의 촌놈 뚝심도 만들어 주었지 싶다. 촌놈이 아니었으면 봄날에 아지랑이 피어오르는 속으로, 진달래 빨갛게 만발한 동산에서 어떻게 뛰어놀 수 있었을까. 늦가을 달밤에 기러기 떼 슬피 울며 북으로 날아가는 하늘을 보며 어찌 눈물을 흘려볼 수 있었을까. 촌놈으로 자란 정서가 내게는 소중하다.

　들판 건넛마을에 사시는 넷째 숙모는, 세 아들 중 공부 잘하는 둘째 아들 K를 자랑으로 여겼다. 형님인 어머니에게 그 사촌형 자랑을 늘어놓고 가시면, 어머니는 샘이 나서, "가서 K의 똥이나 먹어라." 하시며 내게 화를 내셨다. 이리저리 뛰어다니며 놀기나 하고, 공부도 시원찮은 나와 비교가 되어 마음이 불편하신 것이다. 그래도 괘념치 않고 실실 웃고 다니며, '공부, 까짓것 하

17

면 될 것 아닌가.' 어린 촌놈의 생각은 긍정적이었다. 가난하게 사시는 숙모에게는 둘째 아들이 유일한 희망이었을지도 모른다. 중학생일 때, 하루는 어머니가 말씀하셨다. "저 막내가 잘 사는 걸 보고 죽어야할 텐디." 이 말씀에 "틀림없이 잘 살 테니, 걱정 말고 돌아가셔도 돼요." 라고 했는데, 나중에 그 말을 아버지께 전하니 껄껄 웃으셨다고 했다. 부모님은 아무 걱정 하지 말고 편히 지내시라는 뜻이었다. 근 칠십 년 전의 일이다.

숙부는 가난하게 사셨다. 사촌형 J, 나, K는 가끔 풀이 죽어서 지게를 지고 양식을 얻으러 왔다. 우리 집도 가계가 기울어 가난하던 때라, 그래도 아버지는 쌀 한 말 정도 지게에 얹어주셨다. "늦기 전에 어서 가거라." 하시면 사촌끼리 놀다가 헤어지기 섭섭하여 저 들녘까지 바래다 줄 때, 들판 건너 먼 산위로 지는 황혼 빛이 눈물 나게 서러워 촌놈은 돌아오면서 울었다. 지게에 쌀 한 말 달랑 얹고 가는 형이 가슴 짠하게 아팠다. 지금 생각하면 늦게 가면서 고생하지 말고 어둡기 전에 가라는 말씀이었지만, 그때는 아버지가 너무 무정하다 생각했었다.

서울로 대학에 오니 급우들이, 낯설어하는 이 시골 출신을 따뜻하게 대해 주었다. 예과 시절, 그림을 잘 그리는 우 군이 있었다. 한 번은 방과 후에 그림 모델을 서 달라고 진지하게 청하는 것이다. 가정교사를 하는 입장이라 시간을 뺄 수 없다고 거절하고 나서 생각해 보았다. 그 많은 급우 중에 왜 하필 내게 모델을 서 달라는 것인가. 아마도 '촌놈을 그려보고 싶었나 보다.'라는 짐작이 갔다. 우리 반에는 대개 서울이나 지방 도시의 명문고 출신들이었고, 농촌에서 외톨이로 올라온 사람은 드물었다. 그는 밀레의 만종이나 이삭줍기, 같은 농촌 분위기가 물씬 풍기는 대작을 구상했는지도 모를 일이다.(우군은 그 후 공대로 편입했고 졸업 후 미국에서 공부하고, 88 올림픽 때 잠실 종합운동장을 설계했던 우규승 님이다.)

시골에서 가난 속에 고생하면서 자랐던 우리 촌놈들은, 사회에 나와 한가락 하는 인물들이 되었다. 때묻지 않은 백지 심성(心性)에, 고생스럽던 어린 시절의 경험이 보약으로 작용했으리라. 사촌형 K도 명문 법대를 나와 잘나가는 기업을 이끌었고, 나 자신도 공부로 일신을 세운 셈이다. 이웃 농군의 아들이었던 H 선배가 모 재벌 그룹의 경리 책임자까지 역임한 것은, 그의 학벌보다 순박하고 정직한 '촌놈'을 인정받았기 때문이라고 했다. 서울 깍쟁이와 달리 진실하고 우직한 면이 있기에, 대기업에서도 실력파 못지않게 이런 사람을 인재로 찾는 것 같았다.

가을에 차례를 지내러 고향에 내려갈 때면, 시골 들판은 누런 벼가 끝없이 깔린다. 이 속에서 살던 어린 시절이 아련히 그리워진다. 잘 익은 벼가 하나같이 고개를 숙이듯이, 살면서 자신을 내세워 본 일은 없다. 하지만 시골 출신이라는 존재를 긍정적으로 생각하면서, 언제나 촌놈의 뚝심으로 양심에 어긋나는 일은 하지 않으려고 노력해 왔다. 물과 햇볕만 있으면 살아갈 수 있는 농촌 생활을 경험했기에, 욕심을 내어 부정한 일을 할 이유가 없기 때문이다. 지금도 농촌에서는 아름다운 자연 속에서 때묻지 않은 촌놈들이 무럭무럭 순박하게 자라고 있을 것이다.

홍시

잎이 다 떨어진 가지에 빨간 감이 다닥다닥 매달린 감나무를 보면, 언제나 옛날 고향집이 생각난다. 어린 시절의 고향집이 떠오르는 것이다. 밤하늘에 별이 빛날 때에는 고향의 저녁이 오고, 빨간 감나무를 볼 때는 고향의 평화스러운 낮 시간이 온다. 매일 산책하는 성복천 둔치 길 옆, 조그만 밭 가운데 감나무 한 그루가 있다. 갑자기 추워진 어느 날, 잎을 모두 떨구고 빨간 감만 주렁주렁 달고 서 있는 것이 아닌가. 홀연히 다가선 이 자연의 모습에 가슴이 한번 뭉클하면서, 어릴 적 감나무 밑에서 흰 수건을 머리에 쓰고 깨를 터시던 어머니의 환영이 보인다.

고향집 울 안에는 감나무가 세 그루, 대추나무 두 그루, 살구나무와 앵두나무가 한 그루씩 있었다. 초등학교, 식목일에 심은 밤나무는 어느새 자라 고등학생일 때는 알밤이 뚝뚝 떨어졌다. 그렇게 빨리 자란 나무에 놀라면서, '시작이 반이다.'라는 속담을 실감하였다. 과일 중에 감, 밤, 대추는 시골집에 많이 있는 것이기에 귀하게 생각하지 않았고, 배 사과처럼 돈 주고 사오는 것만 귀한 줄 알고 자랐다. 어릴 때 늘 옆에서 챙겨주시는 어머니는 흔히 보는 과일처럼 귀한 줄 몰랐다. 하늘로 가시고 나니 이제야 그 헌신적인 모정이 서러워 속이 아린다.

감나무 셋 중 젊은 두 그루는 월하 감이었는데 알이 굵고 맛이 좋았지만 홍시로는 잘 떨어지지 않았다. 늙고 덩치가 하늘을 덮을 만큼 커다란 한 그루는, 반시인 듯 다닥다닥 열렸고 빨갛게 익으면 홍시로 많이 떨어졌다. 이 늙은 감나무에서 홍시가 떨어지면 어머니는 앞치마로 닦아서 모아놓고 우리 형제에게 먹으라 하셨다. 어머니는 하나도 안 드시는 것이 마음에 걸려, "이건 어머니 잡수세요, 안 드시면 버릴 겁니다." 하고 정말로 땅에 던져 버렸다. 홍시를 먹을 때면 매번 그렇게 하여 어머니가 드시게 하면서 속으로 자신이 효자라 생각했다. 형은 아무 말 없이 어머니가 시키는 대로 잘 먹었다.

하루는 아버지가 한 중국 성현의 아들 이야기를 들려주셨다. 친구가 왔을 때, "게 설구(카스테라같이 부드러운 빵) 있느냐?" 하면 작은아들은 있어도 "없습니다." 하고 두었다가 그 아비에게만 드렸다. 큰아들은 없어도 "예 있습니다." 하고 얼른 준비해서 갖다 드렸다 한다. 작은아들처럼 부모의 보신을 살피는 이는 이등 효자요, 큰아들처럼 부모의 마음을 받드는 것이 일등 효자라 하셨다. 결국은 어머니가 원하시는 대로 말없이 홍시를 먹은 형이 일등 효자인 것이다. 아마도 두 분은 하늘나라에서, 나는 이등 효자였다고 웃으며 말씀 나누실 것 같다.

우리 젊은 시절에는 효도의 길이 인생 길이라 생각했다. 하루라도 밖에서 자고 오면 부모님께 큰절을 올렸고, 그 말씀은 항상 가슴에 새기고 다녔다. 책『맹자』에는, '부모가 틀린 말씀을 하시면 공손히 간하고, 그래도 안 되면 울면서 간하라.'고 되어있다. 반대하거나 말씀을 거역한다는 구절은 찾아볼 수가 없다. 세월이 흘러 요즘은 효도라는 개념이 바람처럼 희미해 졌다. 홍시만 받아 먹으려 하지 바람에 흔들리는 감나무 뿌리는 흙으로 덮어줄 생각을 않는다.

이제 내가 늙은 감나무 된 형국이다. 살면서 홍시도 떨궈줄 만큼 주었다. 이쯤에서 늙은 나무도 생각을 해봐야 될 것 같다. 앞으로는 홍시를 더 주려고 힘들게 감을 많이 매달지 말고, 여름철 비바람에 적당히 떨어버리고 가볍게 가야 뿌리가 온전하지 싶다. 줄 생각만 하지 말고 때깔 좋은 감을 맛있게 먹는 법도 배워야겠다. 요즘 아침 식사 전에 먹는 과일 접시에는 아내가 사 온 대봉시를, 베란다 찬 곳에서 숙성 시켜 수저로 떠먹는 감이 올라온다. 그 달고 부드러운 맛은, 멋없는 자식이 아니라 푸근한 친구와 함께하는 기분이다.

여자는 어렵다

그녀와의 처음은 쉬웠다. 소개 받은 그녀는 뽀얀 피부에 인형처럼 예쁜 미인이었다. 두 번째 만나고 집까지 배웅해 주던 날, 찻물을 끓이면서 서 있는 다리의 각선미는 순간적으로 마음을 사로잡았다. 옛날, 결혼식 후 첫날 밤에 신랑이 색시의 족두리 벗기고 옷고름을 풀어주는 상상을 하면서, 그녀의 팬티를 내렸다. 그녀와 헤어지게 된 것은 지난날에 얻은 여성 공포증 때문이었다.

여자의 미모는 수개월이면 생명을 다하고, 속내의 아름다움이 그 뒤를 이어간다. 성격이 원만하고 이해심이 많아야 관계가 오래 지속될 수 있다고 믿고 있다. 옛날 어른들의 '집안이 잘 되려면 며느리가 잘 들어와야 한다.'는 말씀이 명언이라 생각한다. 지난날 한 여자의 참을성 없고 포악한 성격이 청춘의 한으로 남아있기에, 결혼을 결정하기 전에 그녀의 성품을 확인하고 싶었다. 명문 집안에서 자랐고 좋은 교육을 받았기에 성격만 원만하면 받아들일 생각이었다.

토요일에 연락하겠다고 한 후 아무 연락 없이 주말을 넘겼다. 일 주, 이 주를 이렇게 해도 반응은 조용했다. 역시 잘 배운 교양은 다르구나 생각하며 마지막 관문으로 설정한 삼 주째도 이런 식으로 바람을 맞혔다. 이 세 번째 고개에서 걸리고 말았다. 호텔 커피숍에서 만난 그녀는 큰소리로 막말을 섞어가며 질타하는 것이 아닌가. 호된 야단을 맞으며 미안하다는 태도밖에, 아무런 변명도 할 수 없었다. 속으로는 지금까지 공들인 탑이 무너지는 소리가 허망하게 들려왔다.

이삼 개월 후에, 미국으로 시집을 잘 갔다는 소식을 들었다. 다행이라 생각하고 마음이 편해지려던 무렵에, 예기치 않은 그녀의 방문을 받았다. 그녀의 몸짓에서 아직도 남아있는 미련을 볼 수 있었다. 지난 일들이 나의 테스트였다는 것을 눈치챈 것 같았다. 하지만 여자의 미모보다는 넉넉한 성격과 역지사지(易地思之)하는 품성을 제일 중요하게 생각했기에, 마음을 바꿀 수는 없었다. 유난히 빛나던 그날의 별빛 아래 손을 놓으면서, 둘이의 뺨엔 눈물이 흐르고 있었다.

일생을 함께할 이상적인 반려자(여자)를 찾기란 어려운 일이다. 옛날에는 집안 어른들이 정혼을 하면 얼굴도 한 번 보지 못하고 결혼하던 시절이 있었다. 그때는 여성 인권이란 개념이 없었고, 그대로 숙명으로 받아들였기에 '평생 웬수'라 하면서도 참고 살아냈던 것이다. 현대 사회로 넘어 오면서 많은 갈등 요인이 발생하였다. 손만 잡아도 책임져야 했던 지난날의 도덕관과, 자유연애도 허용되는 현대 사이에서 빚어진 문화의 충돌이었다. 본인이 원하지 않는 억지 결혼도 많았으니, 우리나라 이혼율이 높은 이유가 여기에도 있지 않을까 생각된다.

독일이나 프랑스 같은 유럽 선진국에서는 결혼 전에 동거를 통하여 성격이나 가치관의 적합성을 확인하는 일이 많다고 한다. 평생을 함께할 동반자를 구하는 일이기에, 상당한 합리성이 있다고 본다. 그들의 이혼율이 낮은 것도 이런 영향이 있지 않을까 싶다. 아내를 만나기까지, 내게 맞는 사람을 찾기 위한 과정이 얼마나 힘들고 고독한 시도였는지 모른다.

여자의 마음이 넓고 부드러우면 가정이 늘 평온하고 사랑이 넘친다. 나는 오늘 행복한 날을 살면서 하느님께 감사드린다. 천사 같은 아내를 만나, 꿈꾸어 오던 결혼 생활을 살고 있기 때문이다. 대전 친구가 보내준 『수필예술』이란 책을 읽다가 어느 수필가가 쓴 '자기 아내가 김태희 보다 더 예쁘다고 생각하는 사람은 한 명도 없을 것이다.'라는 구절을 보았다. 천만에 말씀이다. 나를 보라. 김태희를 넘어 천사라 하지 않는가.

세월을 살면서 사랑으로 살고 정(情)으로 살고 연민으로 살면, 이 세상 누구와도 바꿀 수 없는 천사가 바로 아내인 것이다. 이녀는 알량한 내 성격 테스트를 훌륭하게 통과했었다. 지금 더할 수 없는 행복을 느끼며 살고 있는 것은 희생적으로 배려해주는 이녀의 고운 마음씨 때문이다. 오늘은 마누라 자랑을 하고 나서 바보가 되었다. 둥근 달님이 창가에 바싹 다가와 웃으며 조롱하고 있다.

정情

사랑이 농익으면 정(情)이 된다. 이성 간의 사랑은 중도에 깨지기도 하지만 정은 한 번 들면 깨질 수가 없으리라. 정이 들면 영원한 내편이 될 수밖에 없기 때문이다. 요즘에는 결혼하여 살다가 이혼하는 커플이 많다고 한다. 이들은 살면서 사랑이 익어 정으로 변하는 과정에 실패했기 때문일 것이다. 사랑은 원래 잘 변하고 길게 가지 못하는 속성을 가진 듯하다.(사랑의 지속 기간은 18~30개월, 미 코넬대 하잔 교수 조사) 첫사랑이 오래 남는 것은 이루어지지 않았기 때문이다.

사랑이 정으로 승화하려면, 술을 담그듯 정성을 들여야 한다. 잘 익은 술을 얻으려면 따뜻한 아랫목에 항아리를 모셔놓고 이불을 둘러 온도를 유지해 줘야 하듯이, 정이 들려면 몇 가지 지켜야할 것들이 있다. 아무리 화가 나도 자존심을 짓밟는 말은 피차에 금할 일이다. 이럴 땐 강물이 울음소리를 제 안으로 삼키면서 흘러가듯이 속으로 우는 것이다. 예과 때 국어 담당 K교수는 "비 오는 날의 여자는 50%를 깎아 보고, 여자가 울 때는 100% 깎아 보라."고 했다. 조용히 천사의 눈물을 흘리면, 사나이의 마음이 모두 녹는다는 뜻이다. 몸싸움을 하며 다투는 일도 있어서는 안 된다. 화나고 미워도 사랑하는 근본 마음은 유지해야 한다. 그러면 시간이 사랑을 정으로 곰삭게 해줄 것이다. '정말 똑똑한 여자는 남자의 뜻을 받든다.'는 말이 있다.

산중생활을 하는 노부부가 텔레비전에 나온다. 산전수전을 다 겪으며 고생한 할배는 이 생활을 즐기며 살자 하고, 할매는 다시 도시 생활로 복귀하기를 바란다. 하지만 할배를 따라 산골짜기 흐르는 물에서 같이 고기도 잡고, 잡아 온 물고기를 요리해 먹으면서 떨치고 나오지 못하는 것은 바로 정때문이다. 정에는 언제나 연민이 숨어있다. 삶의 무게로 구부정해진 그니의 뒷모습이 갈수록 쓸쓸해 보이고, 나 때문에 고생한 저 사람이 불쌍한 것이다. 그러기에 저 사람을 위해서는 내가 무엇이라도 할 수 있다는 희생정신이 마음밭에 깔려 있다고 본다.

외삼촌이 한 분 계셨다. 어릴 적에 우리 집에 가끔 한 번씩 오시면, 동생인 어머니를 붙잡고, 흑흑 느껴 우시곤 했다. 고생 모르고 자라다가 가난한 선비 집에 시집와서 고생한다는 생각에 우시는 것이었으리라. 한 번은 뿌리가 다 드러난 늙은 감나무에 흙을 퍼다가 뿌리를 덮어주는 작업을 힘들여 해주셨다. 그 덕에 주렁주렁 열린 감나무에서 떨어지는 홍시를 주워다 먹을 때마다 외삼촌 남매간의 애틋한 정이 생각났다. 외삼촌이 우실 때는 아버지는 "엥, 사람이 왜 그 모냥이여." 하시며 나가 버리셨다. 그때는 아버지가 눈물을 보이지 않으려고 나가신다는 것을 몰랐었다.

정이란 사람 사이에만 존재하는 것이 아니다. 동물이나 좋아하는 물건에도 정이 든다. 우리 아파트 단지에는 초저녁이면 정원을 기웃거리고 다니는 젊은 아주머니가 있다. 내가 산책하는 시간에 매일 보는 일이기에, 궁금하여 하루는 물어보았다. 들고양이 밥을 주려는 것이다. 처음에는 한 쌍이었는데 얼마 전부터는 한 마리만 온다고, 불쌍하여 그만둘 수가 없다고 했다. 따뜻한 봄에도, 눈 내리는 추운 겨울에도 계속하는 이 아주머니의 가슴에는 측은지심이 작동하고, 동시에 떼지 못 하는 정이 자리 잡고 있을 것이라 짐작된다. '워낭 소리'라는 영화에서도 늙은 소에 대한 할아버지의 정은 많은 관객들의 심금을 울리지 않았던가.

정서가 메마른 사람에게는 정을 줄 만한 마음의 여유가 없으리라. 남을 배려하고 생각해 줄, 따뜻한 가슴을 가진 사람들이 정을 줄 수 있지 싶다. 정이 흐르는 세상은 아름답다. 산중 생활하는 노부부의 주름진 얼굴도 밝았고, 외삼촌의 얼굴도 언제나 웃는 모습이었다. 고양이 밥을 주는 아주머니의 모습도 티 없이 맑은 성녀처럼 보였다. 창밖에는 하루 종일 눈이 내린다. 하얗게 덮인 세상을 보면서 마음을 다진다. 젊은 시절의 욕심과 야망 모두 비우고, 남은 세월 정 주며 살아보자고.

기억에 남는 연애를 했더라면

　　젊음이 다 가기 전에 하고 싶은 일을 모두 해 보면, 죽음에 이를 때 가벼운 마음으로 떠날 수 있지 않을까, 싶다. 마지막 순간에 후회하는 25가지 중 하나가 '기억에 남는 연애를 해 봤더라면'이라 한다. 플라토닉 사랑도 있겠으나, 생의 마지막 순간에 후회 없이 기억할 수 있는 연애라면, 성이 포함된 사랑을 이르기 쉽다. 인간은 언제나 섹스를 생각하며 살아간다(프로이트). 에로틱한 상상력이 살아 있어야 사는 것도 즐겁지 않을까. 한 번 사는 세상이기에 얌전한 샌님으로 살았더라면 지금쯤 후회할 뻔했다. 내게 인생을 물으신다면, 후회 없는 한세상 살았노라, 답하리라.

　우리는 인생을 꿈꾼다. 꿈꾸기 때문에 인생이 아름다운 것이다. 한창 꿈을 꿀 때가 청춘이다. 억압된 우리나라의 성 윤리는 청춘을 틀에 박힌 공간에 감금하였고, 그들의 꿈을 앗아가 버렸다. 이 때문에 이상적인 파트너를 찾아 자유롭게 다시 유영(遊泳)하려는 꿈을 박탈당하고, 불행한 삶을 살아내야 했던 친구들을 주위에서 적잖이 보았다. 이들 중에 섞여 있던 나는 막대한 대가를 치르고 암흑에서 벗어났다. 자유로워진 후에는 여성을 곱게 보는 대신에 혼내 줘야 할 요물로 보면서, 섹스로 갚기 시작했다. 술과 여성 편력 속에서 지내던 젊은 시절이었다.

'첫사랑'은 실패했기에 오래도록 슬프게 남는 것이다. 첫사랑과 이루어져 파뿌리가 될 때까지 살았다면 별 감동 없는 지루하거나 담담한 삶이 되었으리라. 꿈이 깨어졌기에, 늘 가슴 속에 멍한 그리움으로 남아있고, 그니와 지낸 추억들이 아름답게 기억되는 까닭이다. '찔린 몸으로 지렁이처럼/ 기어서라도 가고 싶다/ 네가 있는 곳으로/ 다시 한 번 최후로 찔리면서/ 한 없이 오래 죽고 싶다' (「청파동을 기억하는가」, 최승자 저) 지난 사랑과의 죽을 만큼 좋았던 연애를 못 잊어, 그리워하고 있다. 이 시인의 지금 심정은 애절하지만, 마지막 순간에 인생을 헛살았다고 후회하지는 않을 듯하다.

젊은 남녀가 혼전 동거를 하면서까지 서로의 이상적인 파트너를 선택하는 성 개방된 나라도 있다는데, 우리 사회에서는 혼전 순결이 절대적이다. 성이 억압된 사회이기에 결혼 전에 청춘 남녀가 교제한다는 것이 수박 겉핥기이고, 기억에 남는 연애를 할 기회가 없는 것이다. 우리나라의 이혼율이 높은 이유 중 하나라 생각된다. 젊은 여성들은 호기심으로 남성에게 접근하고 사랑보다는 상대방의 조건에 집착하는 경향이 있다. 건강한 연애 대신에 정작 성의 욕구는 엉뚱한 데서 풀게 된다. 자기 친구와 사귀는 남성도 마다하지 않는다. 심지어는 같은 장소에서 함께 즐기자는 식으로 성을 요구하기도 한다.

유부녀들의 샛길성도 폐쇄적인 성 사회에서 온다. 이제껏 집밥밖에는 모르다가 맛있는 외식을 해보면, 그 맛을 잊지 못한다. 외식을 하면 실제보다 더 맛있게 느껴진다. 비밀이 지켜진다면 이 '잊을 수 없는 외식'을 한번 해

볼 사람이 더러 있을 것이다. 요즘은 우리 사회가 많이 자유스러워진 편이다. 앞으로 성의 자기 결정권을 인정하면서, 혼전 성보다, 혼외 성을 소중하게 지키는 것이 바람직한 방향이라 생각한다. 그 결과, 꿈 많은 청춘 시절에는 잊을 수 없는 연애도 해보고, 결혼 후에는 건강한 가정을 지켜나가는 것이 정상적인 삶이 아닐까.

이제 석양 앞에 서서 돌아보니, 세월 따라 방황하며 살던 시절이 후회 없는 다양한 삶을 살게 해 주었다. 지나온 날들이 파노라마처럼 펼쳐지면서 뉘 가슴에 못 박은 일은 없는지 은근히 염려된다. 오솔길을 걸어서 산자락 빈 벤치에 앉아 가을 하늘을 바라본다. 파란 하늘에 흘러가는 뭉게구름이 전하는 말이 들려온다. "여러 여성들 가슴에 박혔던 못이, 세월에 씻겨 지금은 모두 황금 뱃지로 변했다"고.

신정으로 간다

매년 일월 일일을 신정(新正)이라 하여 1970~80년대까지만 해도 이날을 설날로 쇠는 사람들이 많았다. 음력 1월 1일은 구정이라 부르며 설 대접을 받지 못하였다. 1980년대 후반 국민 정서를 받든다는 차원에서 신정을 없애고 음력 구정을 정식 설날로 발표했다. 일본 식민지 시절에 우리 고유의 설 대신에 강제로 신정을 쇠게 하여, 신정에 대한 국민감정이 좋지 않았던 까닭이다. 이때까지 설날로 대접받던 신정은 단순히 1일간의 휴일로 전락해 버렸다.

우리 집은 지금까지 계속 신정을 쇠고 있다. 아버지 직계 자손으로 형제간에 딸린 식구들이 부모 차례를 지내는 것이다. 형수가 전날부터 정성껏 준비한 차례상에, 내자가 사가지고 간 과일 두세 가지를 함께 올리면서 차례는 시작된다. 차례상을 물린 후에는 세배 행사를 한다. 행사라 함은 삼사 단계를 거치는 항렬이 기다리기 때문이다. 주고받는 세배를 통해서 한가족이라는 유대관계가 결속되는 효과를 본다. 세배가 끝난 후에는 세뱃돈 잔치가 있다. 식사 후에는 손자녀들의 재롱도 보고 때로는 편을 짜서 윷놀이도 한다.

이를 통해서 우애가 돈독해지는 것이다.

조상님들에게 차례나 제사를 모시는 것도 우리 세대가 마지막이 되지 않을까 하는 생각이 든다. 조상이나 부모의 존재가 우리처럼 존경이나 고마움의 대상이 아니라 때로는 귀찮은 존재로 여겨지기 때문이다. 집안마다 제례가 조금씩 다르기는 하다. 우리는 시제사나 구일 차례를 이십여 년 전부터 간소화하였다. 옛날에는 집안의 여인들이 밤을 새워가며 육색, 팔색의 과일들을 높이 고이고, 여러 날 일삼아 지냈다. 지금은 제물도 간편하게 차리고 일요일로 몰아서 하루에 지낸다. 모두 서울로 올라와 사는 일가들이, 많이 참석할 수 있도록 하기 위한 것이다. 그 결과 행사가 활성화되었고, 수십 명이 모여 총회도 한다.

요즘은 구정을 설로 쇠는 사람들이 많다. 수년 전에 형이 "우리도 차례를 설날로 바꾸는 것이 어떨까?" 하고 제안했을 때 그냥 지금처럼 신정으로 지내자고 했다. 연말연시에는 모두 새해 인사들을 한다. 우리 생활에 양력 1월 1일은 실질적으로 새해의 시작이다. 새해를 시작하면서 부모님께 차례를 올리고, 가족 간에 세배도 하면서 인사를 하는 것이 때에 맞는 생활이라 여겨진다. 신정을 쇠면 좋은 점들이 많다. 매년 설날에 오르는 물가를 피할 수 있어, 제물을 준비하는데 경제적이다. 왕래하는데 교통이 막히지 않고 원활한 것도 좋은 점이다. 신정에 차례를 지내고 나면, 설날에 긴 휴일을 자유스럽게 보낼 수가 있다. 여행도 다닐 수 있고, 호텔 방에서 차례를 지내지 않아도 된다.

각 가정의 형편에 따라 신정과 설을 선택해서 지내면 좋을 것이다. 분산되면 물가, 교통 등에 선(善) 작용을 할 것이란 생각이다. 오래전에 큰딸애가 독일에서 공부할 때 같이 공부하던 독일 연구원 두 명이 신정에 와서 한국의 차례 문화를 보겠다고 참석한 적이 있었다. 절차가 너무 간단하여 놀랐다고 했다. 제사에 비하면 차례는 간단한 편이다. 앞으로 세대가 바뀌면서 조상을 기리는 뜻은 살리면서 점차 간소화된 방법을 찾아 우리의 미풍양속이 계속되기를 바라본다.

사랑한다는 것

누구를 사랑한다는 것은 무엇인가? 요즘 새롭게 배우고 있는 중입니다. 사랑에는 남녀 간의 사랑, 부모 자식 간의 사랑, 하느님의 인간 사랑 등 그 분류가 복잡하지만, 여기서는 우리가 살아가면서 느끼는 인간에 대한 폭넓은 사랑을 말합니다. 인간이 삶을 마감할 때 가지고 갈 수 있는 유일한 것이 사랑이라고 합니다. 사랑 없는 인생을 산 사람은 빈손으로 가는 것이지요.

리모컨을 켜자 호스피스 병동이 나옵니다. 칠십 대 후반의 할배가 말기 암으로 투병 생활을 하고 있습니다. 폐암을 말기에 발견하였고, 의사가 수술을 권하였으나 수술을 받지 않고, 이 병동으로 온 것입니다. 옆에서 간호하는 인품 좋아 보이는 할미는 아무 걱정 없는 듯하나, 남편의 죽음을 받아들이고 여기까지 오는 데는 속으로 많은 눈물을 흘렸을 것입니다. 간병이나 섭생도 잘하지만 무엇보다 자신의 아픔을 가슴에 묻고, 환자의 마음을 편안하게 해주는 모습에서 사랑의 힘을 봅니다. 마약성 진통제로 통증을 조절하고 있다는 할배는 평화롭고 행복하게까지 보입니다.

35

중년의 따님이 아버지가 살아온 일생을 높이 평가하고, 진심으로 슬퍼하는 모습은 부럽습니다. 담당 의사에게 "당신의 부모라면 어떤 선택을 할 것인가?" 물으니 수술을 권하던 의사도 말을 하지 못하더라고 말합니다. 글썽이는 그녀의 눈물 속에서, 요즘은 실종되어 찾아보기 힘든 효(孝)라는 것이 보입니다. 부녀간에 튼튼하게 연결되어 있는 사랑의 끈이 보입니다. 이런 사랑은 잘 정돈된 가정교육에서 나오리라 생각됩니다.

남은 생을 가족과 함께 값있고 행복하게 살아가려는 노부부를 보면서, 며칠 전 보았던 또 한 노부부의 잔상이 떠오릅니다. Y시 문인협회 회의가 끝나고 저녁 식사를 하러 갑니다. 일행 중에 90도로 허리가 굽은 할미가 간신히 식당에 들어서는데, 옆에서 영감이 정성껏 부축합니다. 식사가 한참일 때, 문지방을 사이에 두고 옆 테이블에 앉은 할미는 찌개를 밥그릇 뚜껑에 떠서 영감에게 계속 건네줍니다. 영감은 "여기도 많이 남았는데." 하면서도 할미가 건네주는 찌개를 연신 받아먹습니다. 나 같으면 불필요한 행동에 짜증을 냈을 것입니다.

할배 영감의 얼굴을 쳐다보는 순간, '이것이 진정 사랑이란 것이구나' 깨달았습니다. 그의 얼굴에는 잔잔한 미소가 끊이지 않았습니다. 계속 건네주는 집착스런 할미의 행위를 사랑의 표현으로 받아들이는 넉넉함이 있습니다. 사랑한다는 것은 나를 빼고, 그 누구를 아무런 조건 없이 감싸 안는 일이라 생각됩니다. 문집(文集)에 실린 그 영감의 시를 찾아 읽어봅니다. 공무원 생활을 마치고 고향에 살고 있다는 그의 시에는 전원 풍경이 아름답고 순박하게 펼쳐집니다.

요즘 TV 드라마는 시작만 하면 언성을 높이고 싸우는 것이 일입니다. 막장 드라마라는 별명까지 얻었지만 따뜻한 멜로드라마는 아직도 찾아보기가 힘듭니다. 아내는 드라마를 좋아해서 오늘 아침에도 켜놓고 식사 준비를 하는데, 젊은 여자들이 나와 큰소리로 또 싸웁니다. "저런 것을 자꾸 보면 배워요, 옛날 어른들은 남이 싸우는 것을 구경도 하지 말랬잖아요." 제법 큰 소리로 말을 해 놓고, 식당에서의 그 영감 부부를 떠올려 봅니다. 호스피스 병동의 노부부도 보입니다.

나는 그들처럼 무조건적인 사랑을 할 수 없는 존재인가. 나라는 존재를 내려놓고, 상대방의 생각을 오롯이 존중해 주는 마음가짐이 요구됩니다. 누구를 사랑한다는 것은, 무엇보다 그 사람의 마음을 편안하고 행복하게 해주는 일이라 생각됩니다. 큰 사랑도, 일상생활에서 실천하는 이런 잔잔한 사랑들이 있어야 가능하리라 봅니다. 자기희생이 따릅니다. 아름다운 희생입니다.

운전 면허증

누구나 운전을 하는 시대이다. 국내 자동차 대 수가 2,200만 대로 인구 2~3명당 한 대꼴이라니(2017년도) 각 가정마다 차 한두 대 없는 집이 없을 정도이다. 그러니 운전면허는 필수품이 된 셈이다. 근래에는 인구 노령화로 노년층의 운전이 교통사고를 많이 낸다는 통계에 따라, 만 75세를 넘으면 3년마다 면허를 갱신해야 한다는 것이다. 이때 건강진단을 다시 해야 되는데 제일 문제가 시력(視力)이라 한다.

젊어서 술을 좋아했던 나는 일찍이 운전을 포기한 상태이기에, 우리 집 차는 아내의 전유물이다. 그녀는 젊어서부터 운전을 했기에 능숙하고 안정적이라는 평을 듣는다. 내게는 자가용 기사 이상으로 선선하게 운전을 해 준다. 젊은 시절에는 출퇴근은 물론, 술 마시고 취한 날 밤늦게 연락해도 바람같이 와서 데리고 귀가했다. 요즘은 문학 교실에 조금만 늦을 듯하면, 괜찮다 해도 얼른 설거지 마치고 데려다준다. 그럴 때는 운전을 태생적으로 즐기는 사람처럼 보인다.

어제는 S 대 병원에서 내 CT 검사가 오후 7시경에 끝났기에 귀가하면서,

저녁식사를 하려고 청계산 G 나물밥 집으로 갔다. 주차 안내원이 가리키는 곳에 주차를 하는데, 인도 턱에 차를 '쾅' 박는다. 멀쩡한 턱에 무작정 박는 것을 보고, 나는 하도 어이가 없어 큰 소리로 화를 냈다. 아내는 밤이라 턱을 보지 못하고 평지인 줄 알았다고 작은 목소리로 말했다. 그녀는 75세에 걸려 삼 개월 내에 면허를 다시 받아야 한다. 시력이 한쪽씩은 0.5 이상, 양쪽으로는 0.8 이상이라야 통과된다고 하는데, 아까 낮에 들렀던 녹십자 건진 센터에서 애를 먹는 걸 보았다.

집에 와서 가만히 생각해 본다. 몇 년 전에 아내는, 동료와 후배들이 백내장 수술이나 노안 수술을 받고 시력이 아주 좋아졌다는 말을 몇 번 한 적이 있었다. 그때 나는 지나는 말로 무심하게 듣고 넘어갔다. 며칠 전에도 안과에 다녀왔다고 하면서 "시력이 안 나오니 백내장 수술을 하는 게 좋겠다."는 말을 들었다고 했다. 이때도 그런가 보다, 하고 넘어갔다. 아마도 내가 지병으로 병원에 다니고 있으니, 시력으로 애먹으면서도 자신의 건강(시력)을 크게 말하지 못했으리라 생각하니, 가엾은 생각에 잠이 오지 않는다. 이런 헌신적인 여자가 하늘 아래 또 있을까. 아내의 건강을 지켜줄 사람이 이 넓은 세상에 영감 말고 누가 또 있단 말인가. 더구나 의사라는 화상이 아닌가. 그러지 않아도 차를 박아 무안해하는 사람에게, 한편이 되어 다독여 줬어야 하지 않았나.

아침에 일어나 C 대학 병원 안과에서 백내장 수술을 잘하는 의사를 선별하여 예약했다. 유능한 의사에게 치료받은 후, 운전면허를 위한 시력검사를 마음 놓고 받도록 해 줄 생각이다. 아침 식사 후에 커피 잔을 나란히하고 소파에 앉았다. 그동안 자신의 건강에만 집중하고, 아내의 건강에는 귀 기울이

지 않았던 죄책감에 아무 말도 할 수가 없었다. 친구가 보낸 카톡 중에서 '아베 마리아'를 골라 틀었다. 위로가 될까 하여 마이크 부분에 손바닥을 대고 큰소리로 틀으니, 맑은 음악이 오늘은 성탄절이라 한다. 커피 잔을 비우고 슬그머니 서재에 와서 이렇게 자판을 치고 있는데, 눈에서 물이 자꾸 흐른다. 나도 이제 늙었나 보다.

안살림

　　우리 세대 전통 생활 양식은 남자는 바깥일을 하고, 안살림은 여자가 맡아 하는 것이다. 자녀를 돌보는 일도 거의 주부들의 몫이었다. 요즘 젊은 세대들은 남자도 여자와 함께 집안일, 자녀 돌보는 일을 공동으로 하는 것을 많이 본다. 남녀가 함께 직장에 나가는 경우가 많기 때문인 것 같다. 세월이 사는 방식까지 이렇게 바꾸어 놓았다. 하지만, 나이 든 세대들은 대개 선대에서 내려오던 대로 안살림은 여자들의 몫이다. 남자였기에 편한 시대를 살아왔다고 생각한다.

　　그런 일이 있기 전까지는 여자가 살림을 하는 것은 당연하고 별로 어려울 것도 없는 줄 알았다. 어느 날 우리 집 마님이 의자 위에 올라가서 선반 정리를 하다가 떨어져 왼쪽 발의 종골(뒤꿈치뼈) 골절을 당하였다. 깁스로 고정하고 휠체어를 타는 형편이 되고 보니, 내가 안살림을 해야 하는 신세가 되었다. 밥상을 차리고, 설거지하고 저녁에는 자리끼를 챙기고 가습기 청소하고 물 넣고-. 할 일이 끝이 없다. 주부들의 일이 이렇게 중노동이구나, 라는 사실을 비로소 확실히 깨닫는 기회였다. 골절 환자들을 직접 진료할 때는 이

41

정도는 대수롭지 않은 외상이었는데, 직접 당해보니 무시할 수 없는 중병으로 다가왔다. '남의 염병이 내 고뿔만 못하다.'고 했던가.

깁스를 떼려면 수개월 걸리니 아무래도 내가 살림을 해야겠다고 마음을 단단히 먹었다. 하지만 심한 통증이 가신 며칠 후부터, 부기도 채 가라앉기 전에 설거지 같은 일을 직접 하고 나섰다. 아픈 몸을 끌고 집안일을 하는 모습이 안쓰러웠다. 이 마님은 일을 얼마나 많이 했던지, 동회에 가면 열 손가락 모두 지문이 안 나온다. 손가락 마디가 붓고 아프면서도 장시간 집안일에 매달리는 것을 보면, 손이 갈라지도록 일만 하시던 어머니 생각이 나서 마음이 아프다. 새벽밥 해주시고 수시로 장독대에 정화수 떠놓고 자식들 잘 되기를 빌던 어머니 모습은, 그 시절 가장 효과적인 가정교육이었다고 생각된다. 이런 어머니 모습을 보면서 자식들은, 기대에 어긋나지 않는 '훌륭한 사람이 되겠다.'고 마음속으로 다짐했던 것이다.

우리 집 마님은 오랜 결혼 생활 중에 한 번도 얼굴 붉히고 언성을 높인 적이 없다. 유추해 보면 살아오는 동안 달을 보며 울음을 삼키던 일이 왜 없었을까. 가정의 평화라는 이름 하에 꾹 참아냈을 것이다. 사회생활을 할 때는 거의 매일 밤 자정쯤에 들어와도, 마님은 밝은 낮으로 저녁 식사를 차려주었다. 그때는 그것이 당연한 것인 줄 알았다. 남자들은 젊은 시절에 바깥일을 하면서 술 마시고 친구들과 어울려 다니느라 안살림의 어려움을 잘 모른다. 늙어서 집에 들어앉는 몸이 돼야 마님들의 고생스러운 일상이 눈에 들어온다. 지금껏 이 집안을 평온하게 유지시켜온 마님의 노고가, 은퇴 생활 육년여에 더욱 고맙게 느껴진다.

어저께 TV에 나오는 할배들이, 멀리 사는 자식들에게 한 마디씩 하라 하니, "느 어머니한테 잘 해드려."라는 말씀들이 간곡하다. 옆에서 눈으로 직접 보는 농촌 생활이기에, 오랜 세월 고생만 시켰다는 마님에 대한 연민이 더욱 절실한가 보다. 소소하고 하나도 중요하지 않은 것 같은 이 안살림은, 알고 보면 가정을 꾸려나가는 원동력인 것이다. 이것을 빈틈없이 꾸려야 가족들이 밥을 먹고 옷을 입고 잠을 잘 수 있다. 밖에서 아무리 큰일을 하는 사람도, 가정에서 안살림이 원만히 굴러가지 않는다면 밖의 일을 할 수 없게 된다. 국가도 각 가정이 행복하게 잘 돌아가야 힘을 받게 되니, 결국 이 '안살림'은 나라를 지탱하는 중요한 역할을 하는 셈이다. 남자들이 일터에서 땀 흘릴 때, 우리 어머니와 아내들은 소리 없이 가정을 지켜온 것이다.

요즘에는 안살림이 한가한 오후 시간에 광교산 둘레 길을 함께 걷는다. 주위에는 빨강 노랑 주황색들로 화려하게 차려입은 가을 나무들이, 조용히 흐르는 세월을 잡고 있다. 깊어가는 가을 냄새가 너무 아름다워서, 긴 세월 안살림을 꾸려온 아내와 내년에도 이렇게 산책할 수가 있을까 하는 생각에, 지금 이 시간이 더욱 소중해진다. 걷고 난 후에 카페에 들러 통유리 밖으로 들어오는 파란 하늘을 바라보며 마시는 커피는, 그대로 우리 두 사람의 혈관에 행복 바이러스를 돌린다.

다정도 병이런가

　　며칠 사이에 우리 집에는 큰 걱정이 겹쳐 왔다. 내자는 입원하여 수술을 받았고, 나는 악화되는 지병을 시급히 처치해야 했다. 숨 가쁘게 돌아가는 이 액운을 갈무리하는 과정에서 부부간의 정은 깊어져 갔다. 살면서 제일 절실한 것이 가족의 건강이라는 사실을, 다시 한번 뼈저리게 느끼는 한 주였다.

　　내자는 갑자기 복통을 호소하며, 통증이 등을 뚫고 나오는 것 같다고 했다. 수년 전 식도에 포엠(poem)시술을 받고, 추적 검사로 내시경을 받던 날, 마취에서 깨어나면서 심한 복통을 겪었다. 동영상을 살펴보니 내시경이 십이지장 부위에 머물 때 누런 담즙이 흘러, 담도나 췌장에 손상을 받지 않았나 하는 걱정이 늘 있었다. 그 후에 이따금 복통이 몇 번 왔으나 이번처럼 심하지는 않았다. 증상이 그냥 넘어갈 것 같지 않아 병원 치료를 받기로 결정했다.

　　동네 내과를 거쳐, 필요하면 종합병원으로 뛰어갈 계획을 세웠다. 단골 내과 Y 원장은 전날 채취한 혈액검사를 보고, 간 수치가 너무 높으니 여기서 시간을 더 보내지 말고 종합병원 응급실에 갈 것을 권하면서 필요한 서류를 떼 주었다. 급하다고 응급실에 가면, 응급의들의 진료-검사를 모두 거친 뒤에 간담췌 전문의에게 보내진다. 내자의 소화기 내과 진료기록이 있는 분당 C 병원에 도착하여, 시간 절약을 위해 노련한 간호사와 상의한 후 간담췌 전문인 권 교수 방으로 바로 안내되었다.

권 교수의 진료는 시원하였다. 오늘(목) 주사 맞으며 금식한 후 내일 첫 타임에 내시경으로 담도가 막혔는지 보고, 막혔으면 그의 특기인 내시경 초음파로 뚫어주고, 담낭 절제술의 필요성 여부를 판단해 주겠다는 것이다. 다음 날 내시경을 끝낸 그는, 다행히 담도가 막히지는 않았다고, 하지만 담낭은 떼어내는 것이 좋을 것이라는 권고였다. 그냥 두면 다시 속 썩인다는 것이다. 그의 자신 있는 권고에 따르기로 했다. 오후에 곧바로 복강경 수술의 대가인 일반외과 최 교수에게 전과 시켜 주었다. 그날(금) 저녁 회진을 온 최 교수는 바쁜 스케줄 가운데서도, 월요일 오전에 수술을 해 주겠다고 했다. 아마도 권 교수의 부탁이 있었지 싶다.

병실을 외과병동 6인실로 옮기니, 복잡하고 불편하였다. 원무과에 내려가 1인실로 옮겨 달라 했다. 널찍하고 조용한 방으로 오니, 한꺼번에 밀어닥친 응급 상황들이 조금은 두서가 잡히는 듯 정신이 들었다. 하지만 문학 교실에서 발표할 글머리는 천 리 밖으로 도망쳤는지, 창밖은 멍하고 머리는 아득하다. 가지런히 앉아 글을 쓰는 사람은 행복할 것이란 생각이 들었다. 최 교수는 약속대로 월요일 오전에 담낭절제술을 복강경으로 해 주었다. 외과로 전과된 뒤에도 회진을 와 주는 소화기 내과 권 교수나, 매일 오전 오후로 회진을 돌면서 환자의 경과를 설명해 주고 궁금증을 풀어주는 최 교수는, 요즘 대학병원에서 찾아보기 힘든 참 의사의 표상이었다. 훌륭한 히포크라테스의 후예라는 생각에 존경심이 일었다.

수술 다음날(화) 퇴원을 해도 된다고 하나, 통증이 심하여 계속 진통제가 필요하였다. 하루가 지나면 가라앉는다는 말에 수요일을 퇴원일로 잡았다. 이날은 임파선 전이 때문에 내 왼쪽다리에 부종이 생겨 S 대 병원에 K 교수의 진료를 받기로 긴급 약속된 날이고, 한편 문학 교실 수업이 있는 날이다. 내자에게는 문학 공부에 다녀와서 퇴원 수속을 밟아주겠다고 말했다. 만약 내 병이 급해서 대중교통으로 서울 병원에 간다고 하면, 항상 운전하여 데려다주던 입장에서, 앓아누운 자신이 얼마나 불편하게 느껴졌을까. 매일 매식하는 것도 무척 미안해하는 처지였다.

서울에서 외래진료를 기다리고 있는데 카톡이 날아왔다. "이제야 정신이 나네요. 사랑하는 당신 덕분에 이렇게 좋은 방에서 수술도 받고 편하게 있다 퇴원하네요. 감사합니다. 사랑합니다." 많은 하트 마크와 함께 내자에게서 왔다. 전화 오는 친지들에게는 좋은 방에서 여왕 대접을 받으며 치료받고 있다고 자랑했다는 것이다. 담당 교수들이 자주 찾아오는 것도 1인실이기 때문이라 착각하고 있었다. 병실료가 비싸다고 걱정하던 내자에게 나도 곧바로 카톡을 보냈다. "당신은 그럴 자격이 충분한 사람이오." 양쪽 눈에 하트마크를 얹어 보냈다.

수술 후 일주일이 경과한 추적검사에서, 모두 정상으로 돌아왔다고 했다. 나도 일사천리로 CT 검사 후에 면역항암제 투여를 받도록 K 교수는 서둘러주었다. 지난 일주일 동안 우리 부부에게 닥쳐온 위기를 훌륭한 의료진을 만나 눈 녹듯 해결하고 보니 꿈만 같다. 며칠 지난 후, 퇴원시키던 날 문학 교실 대신에 대중교통으로 서울 병원에 다녀온 것을 알게 된 내자는, 부어오른 내 왼쪽다리를 쓰다듬으며 눈물이 글썽하다. 이것이 부부간의 정이란 것인가. 금방 울음이 터질 것 같은 그녀의 얼굴을 보면서, 한 마디가 튀어 오른다. '다정도 병이런가.'

흰머리

오십 대 초반까지는 머리에 신경 쓸 일이 없었다. 사십 대부터 새치가 조금씩 나기 시작하였으나 어린 아들딸들에게 뽑아 달라 하고 용돈을 조금씩 주는 재미로 지냈다. 오십 중반을 넘어서면서 흰머리가 꽤 많이 늘었다. 가끔 형 친구들을 만나면 "형님이신가?" 하고 형에게 묻는다. 친탁을 한 형은 산수(80)를 넘긴 세월에도 검은 머리가 유지된다. 외탁을 한 작은 누님과 나는 육십을 넘기기 전부터 흰머리가 많다. 아마도 유전자의 영향인 것이다.

흰머리는 사람을 늙어 보이게 한다. 아내가 염색할 것을 권하였다. 마주하는 환자에 대한 예의도 있고 하여, 오십 중반을 넘기면서 머리 염색을 계속해 왔다. 외모를 단정하게 하는 것은 자신보다도, 보는 이를 위해서 필요하다고 생각했다. 계속 염색을 해 왔기 때문에 70대 초반, 병원을 정리할 때에는 흰머리가 어느 정도인지 또 염색이 벗겨지면 어떤 모양일지 전혀 짐작이 가지 않았다. 은퇴하고 나서는 염색을 하지 않고 자연 상태로 살기로 하였다. 염색을 하지 않으니 시력도 좋아지는 느낌이다.

머리 전체가 하얗게 변하고 있어 이제 늙은이 표시가 완연한데, 모양이 그다지 흉한 것 같지 않아 다행이었다. 검은 머리가 아직 남아 전체적으로 회색(gray) 톤을 유지하고 있으니 머리가 나이에 어울리면서 패션이 맞는 것이다. 회색은 배려와 포용의 색깔이다. 어떤 색깔과도 다 잘 어울리는 중용의 색깔이 아닐까. 염색하고 다닐 때는 지하철 경로석에 앉아도 마음이 편치 않았는데, 이제는 편하게 앉을 수 있다. 인생의 가면을 벗어버린 느낌이다.

칠십 중반을 넘기면서 회색이 변하여 하얀 머리가 된다. 너무 하얘져서 자신이 보아도 민망스럽다. 그렇다고 까맣게 염색을 하면 주름진 얼굴과 어울리지 않을 것이다. 이발소에 문의해 봐도 회색으로 유지할 수 있는 방법이 없다고 한다. 시험 삼아 일 분 염색약을 소량으로 섞어 머리에 대충 바르고, 20~30초 안에 재빨리 헹구어 보니 하얀 머리가 염색되면서 아주 까맣지는 않다. 하지만 앞으로는 이런 구차한 짓도 하지 않고 그냥 자연스럽게 두려 한다. 흰머리로 대변되는 늙음은 누구라도 품어줄 수 있고, 기다려 줄 수 있는 마음의 여유를 말해 주는 것이 아닐까.

지금은 나이가 많다는 이유만으로 대접받는 사회가 아니다. 공공장소에서 노인들이 큰 소리로 떠드는 광경을 가끔 본다. 늙으면 청력도 떨어지고 고집이 세져서 말이 많아지고 자기주장을 앞세우기 쉽다. 경계해야 할 대목이라 생각된다. 그렇다면 흰머리 노인들의 삶의 지표는 무엇일까? 부질없는 욕심을 버리니 마음의 평온을 찾을 수 있고, 남과 비교하지 않으니 자기 인생의 주인으로 살 수 있다. 두 번째 인생은 없다는 것을 깨닫고 감사하면서 사는 것이다. 이탈리아 모 여배우가 노후에 사진을 찍으면서, 내 주름은 수정하지 말아달라고 사진사에게 부탁했다고 들었다. 그걸 얻는 데 평생이 걸렸다고 말했다 한다. 겉으로 나타나는 모습에 자신이 살아온 기록이 담겨있기 때문이다.

노년의 흰머리가 아름답게 보이는 모습이다. 병원에서 진료를 할 적에는, 머리 허연 노부부가 손을 꼭 잡고 진료실에 들어올 때면, 나는 본능적으로 자리에서 일어나 공손하게 맞이하곤 하였다. 이분들이 검은 머리 파 뿌리 되도록 함께 걸어온 인생길이 보이기 때문이다. 긴 세월을 함께 살아오면서, 얼마나 많은 갈등과 고통을 양보하고 참아 왔을까. 많이 배운 것 같지도 않고 잘 차려 입지도 못한 구부정한 노인들이지만, 서로 배려하면서 인생을 살아냈다는 것이 무한히 존경스러웠다. 흰머리와 깊은 주름도, 사랑하면서 살아가는 노부부의 고운 모습을 허물지는 못한다.

그 싱싱하던 5월의 장미는 어느덧 여왕의 모습을 잃어 가고, 지친 복서처럼 맥 빠진 모습을 하고 있다. 유월 들어, 장미는 하루하루 기운이 빠져서 힘없이 바람에 흔들린다. 집 옆에 흐르는 냇물의 둔치길로 매일 걸으며, 꽃잎들이 조금씩 시들어 가는 모습을 보면, '산 것은 반드시 죽게 되고(生者必滅), 만나면 언젠가 헤어진다(會者定離)'는 어록이 떠오른다. 변함없는 철학이다. 정든 사람도 언젠가는 곁에서 떠나게 되는 것이다.

떠날 날이 저만치 보이기에, 남아서 슬퍼할 사람을 생각한다. 수술받은 지가 팔 년 되었고, 지금 쓰는 약의 효과가 아주 좋다고 주치의 K 교수는 말하고 있지만, 마음의 준비를 한 지는 오래되었다. 죽음은 인연을 맺어온 산 사람들의 몫이지, 가버린 당사자와는 상관없는 일이다. 어느 날 갑자기 떠나면서 남겨진 슬픔을, 가슴속으로 삭이면서 견디어 낼 수 있는 면역력을 길러주는 것이 좋을 듯했다. 이별 연습으로 생각해 낸 것이, 잠잘 때 각방을 써보는 것이다. 안방에서 같이 잘 때는, 글머리가 생각날 때마다 부스스 일어나 서재로 향하면서 아내의 숙면을 방해하지 않았나, 내심 미안했었다. 보름 전부터는 잠자리를 서재 침대로 옮기면서, 이 미안함도 해소되고 이별 연습도 될 것 같아 일석이조의 효과를 얻는 기분이다.

인간은 원래 혼자일 수밖에 없는 존재가 아닐까. 혼자 태어나고 혼자 가면서, 정든 인연들에게 그리움과 슬픔을 남겨준다는 것이 문제이다. 수년 전에 한 친구가 어이없게 가면서 남긴 말을, 장례 때 그 부인이 전해 주었다. "당신이 있어 내 인생 행복했었노라."고 한 말이, 그녀에게는 상당한 위안이 된 듯하였다. 계획적인 이별 연습이 아니더라도, 마지막으로 남기는 말 한 마디가 남은 가족에게 많은 위안이 될 수 있다는 사실을 알았다. 이별을 연습할 수 있는 시간적 여유를 가진 사람은 행복하다는 생각이다. 남겨진 인연에게 슬픔을 덜어 주기 위하여 연습이 필요할 것 같다는 생각에 이른다.

어떤 이는 가면서, 정을 떼고 가려는 짓을 한다고 들었다. 아마도 병 때문이지 일부러 꾸미는 이별 연습은 아닐 것이다. 내 자신도 한때는 정이 뚝 떨어지는 일을 벌이면서 가슴에 남을 상처를 주고 떠나면, 슬픔도 남지 않을 것이란 생각을 해본 적이 있었다. 생각해 보니, 이는 슬픔 위에 마음의 상처까지 남겨주는 최악의 선택이라는 것을 깨닫게 되었다. 남은 그대는 슬픔과 상처가 겹쳐서, 울다 눈 흘기다 가슴이 찢어지지 않을까. 젊은 시절에, 사귀던 이성들과 헤어지기 위하여 실망스럽게 굴었던 과거를 돌아보면, 바보 같은 짓을 했다는 생각에 지금도 마음이 아프다. 그녀들은 아름다운 추억 대신에, ○밟았다는 불쾌한 기억을 지우려고 애썼을 것이다. 이별 연습은 지금까지 쌓아온 정(情)에 상처를 주지 않는 방법을 선택해야 될 일이다.

며칠 전에는 처가의 외숙되시는 어른이 무릎 수술을 받고 허망하게 가셨다. 수술 들어가면서, 식사를 함께한 것이 마지막이었다. 슬픔을 못 이겨 비틀거릴 것이라는 예상과는 달리 외숙모는 의연한 모습을 보여주고 계시다. 이별 연습을 할 시간도 없었을 텐데 참으로 이상하다고 생각하면서 지켜보았다. 장성한 효자녀들이 보살펴 드리는 면도 크게 작용하겠지만, 이 내외분은 평소에 한 방향을 함께 바라보면서 모든 일을 의논해 왔기에, 홀로 남아서도 의연하게 서 있을 수 있는 힘이 내재해 있었다는 사실을 알게 되었다. 한마음 한 방향으로 걷는 삶 자체가, 훌륭한 이별 연습이었던 것이다.

평소에 반말을 쓰지 않고, 서로의 인격을 존중해 주며 생활해 온 것은 잘했다고 여겨진다. 존중받아 온 인격이기에 홀로 설 수 있는 힘을 좀 받지 않았을까. 오늘은 잠자리에 들기 전에 오미자차를 앞에 두고 소파에 함께 앉았다. "요즘은 무슨 글을 쓰고 있어요?" 묻는 말에, "이별 연습" 이 말을 들은 아내는 "그래서 따로 자는 거예요, 그래요? 안 돼!" 그녀의 목소리가 떨리고 있었다. 오미자의 새콤달콤한 맛이, 살아온 인생의 맛과 비슷하다는 생각이 들어 빙긋이 웃었다. 아무 말도 할 수 없었다.

이제 건달이 되어 빈둥거린다 해도 욕먹지는 않겠지 싶다. 나이 들어 찾아온 건달 생활을 만끽해 볼 생각이다. 떠날 때, '이 생(生)은 멋진 여행이었다.'고 말할 수 있게.

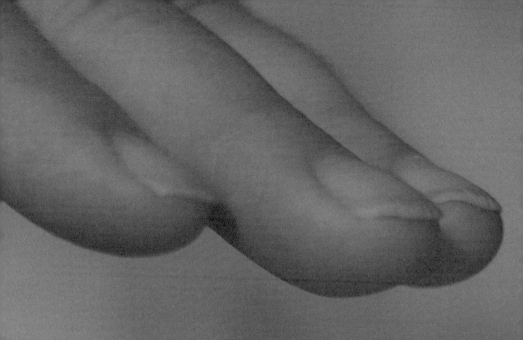

─────── 2부
보고 싶다고

오늘은 벼르던 일 한 가지를 하기로 마음먹었다. 요양 병원에 있는 친구 K를 찾아보는 일이다. 지난날에는 가깝게 지내던 친구인데 오랫동안 만나지 못했다. 친구가 몸이 불편해지지 시작하던 몇 년 전에는, 어울리던 중학 동기생 I, Y와 함께 병문안을 가서 식사도 같이하고 대화도 할 수 있었다. 근래에는 사람도 알아보지 못하고 기동도 힘들다는 얘기를 들었다. 사실, 우리는 나이가 희수(喜壽)를 지났으니, 이 일은 죽기 전에 해야 할 나의 버킷리스트 중의 한 가지였다.

경기도 W 시에 있는 W 요양병원을 방문하려고 '길 찾기'에서 찾아보니 자동차로 30여 분이면 갈 수 있는 거리였다. 아내가 운전대를 잡고, 내비가 가리키는 대로 따라가 보았다. 복잡한 수원 시내를 거쳐서 한적한 시골길로 접어든다. 길가에 상추 고추들을 심은 야채밭이 널려있고, 주위에 둘러선 낮은 산들은 파란 신록으로 단장하고, 유월의 맑은 햇볕 속에 졸고 있다. 어릴 적 고향에 온 것처럼 마음이 차분히 가라앉고 평화스럽다. 아내가 "빈손으로 가요?"라고 말할 때 "병원에 전화해 보니 아무 것도 먹지 못한다고 해서, '기 쾌유(祈 快癒)' 하나 준비해 가는데." 했었다.

병원 규모는 생각보다 크지 않고 아담하였다. 4층 1인실에 찾아 올라가니 마침 운동시키는 시간이었다. 환자는 전신이 마비 상태이고, 사람을 전혀 알아보지 못했다. 몸집도 약한 부인이 휠체어에 내려 앉히느라 용을 쓰고 있었다. 침을 삼키지 못하니 침받이 수건을 단정하게 목에 매어준다. 부인 허리에 동여맨 허리 보호대를 보니, 환자를 추스르느라 요통이 온 것 같다. 그 순간, 교통사고로 십여 년을 식물인간으로 지냈던 대학 동기 I가 생각났다. 대학의 가까운 친구 몇 명과 함께 병문안을 갔을 때, 오랜 기간 욕창 하나 없이 깨끗하게 간호하느라 부인에게서는 땀 냄새가 났었다. 그 땀 냄새를, 이 세상에서 가장 고귀한 사랑의 상징으로 기억하고 있다. 변하지 않는 자기희생의 냄새였다.

휠체어를 밀고, 바람이 창문으로 솔솔 불어오는 휴게실로 갔다. 기운이 다 빠진 듯, 환자는 실실 졸고 있다. 그가 대기업 사장 시절, 단골 카페 넓은 홀에서 목청껏 불러 거기 손님들로부터 박수를 많이 받곤 했던, '그대 그리고 나'라는 노래를 내 휴대폰으로 들려주었다. 탤런트 강부자 씨가 소리높이 부르는 이 노랫소리에, 졸던 친구의 눈이 번쩍 떠지고 노래가 끝날 때까지 골똘히 무엇을 생각하는 표정이었다. 식물인간인 사람도 슬픈 말을 들으면 눈물을 흘린다고 한다. 친구도 저 밑바닥에서 옛날 기억을 긁어 모아보는 것은 아닐까. 손을 잡아 보는데 두툼하고 힘 있던 그 옛날의 손은 어디로 가고, 뼈마디만 앙상한 가냘픈 손이 내 손 안에서 떨고 있다. 차라리 암 환자는 행복하다고 부인은 말했다. 이런 병상 환경이 얼마나 힘들까. '말은 통하지 못해도, 하는 말은 알아들을 것이라'는 위로의 말이 무슨 도움이 될까.

귀가하여 집 주위 언덕을 산책하는데, 흐드러지게 피어있는 덩굴장미 빨간 꽃들이 모두 슬프게 보였다. 한때가 지나면 모두 힘없이 떨어져 내릴 운명이 아닌가. 만나서 술도 마시고 노래하던 그 시절이, 우리에게는 한때였나 보다. 저녁에 복면가왕 TV 프로에서 부르는 노래, "그녀가 사랑하는 탐스럽고 이쁜 저 달이 지네요." 떠나가는 여인을 상징하는 '달의 몰락'(김현철)이라는 노래 가사도, 지는 인생을 노래하는 것처럼 들렸다. 의식이 없으니, 이 괴로운 현실에서 벗어나려는 몸부림도 죽음에의 유혹도 느낄 수 없을 것이다. 자기 집에서 편안히 일생을 마치는 것이 인생의 오복 중에 하나인 고종명(『서경』, 홍범 편)이라는 것에 공감이 갔다.

　저녁에 부인에게서 인사 카톡이 왔다. "너무 갑작스런 방문이어서 인사도 못 드린 듯합니다. 그냥 그러고 하루하루 세월이 갑니다. 후회되는 일도 너무 많고-. J 아범한테 미안한 일도 너무 많고, 한없이 가엽고 딱하고, 순진무구한 맑은 눈빛이 가슴 저리게 안타깝고-." 그처럼 고생하며 간병하는 중에도 무엇이 그렇게 미안하고 안타까운지. 이런 것이 부부의 정(情)이로구나. 온몸으로 간호하는 모습을 떠올리며 답장을 보냈다. '정성껏 간병하는 모습이 천사처럼 성스럽게 보입니다.'라고.

건달

얼마나 자유로운 이름인가, 건달. 매인 일도 없이 바람처럼, 하고 싶은 대로 하고 사는 인생. 얼마나 행복한가. 파란 하늘과 청단풍 잎새 춤추게 하는 산들바람의 유혹에 끌려, 성복천 둔치 길을 바쁠 것도 없이 터덜터덜 걸으며 생각해 보니, 내가 건달이다. 맑은 공기 맘껏 들이마시는 나는 자유다.

어렸을 적에는 할 일 없이 빈둥거리며 노는 사람, 바람이나 피우고 다니는 사람을 건달이라 부르며 손가락질했다. 건달은 돈을 벌기 위하여 열심히 일하지 않는다. 욕심을 부리고 누구와 심각하게 다투지도 않는다. 바람 부는 대로 환경에 순응해서 세상을 가볍게 살아간다.

지난 시절에는 가난을 이겨내려고, 누구나 무슨 일이든 닥치는 대로 한눈팔지 않고 열심히들 해냈다. 이제는 생활도 편해지고 삶도 풍요로워졌다. 하지만 주위가 온통 기계화되고 정형화되어 인간미가 사라졌다. 이웃집 건달 아저씨가 빙그레 웃어주던 옛날의 그 인정(人情)이 그리워진다.

건달은 삶이 행복할 것이다. 조바심치며 출근할 일도 없고, 직장에서 상사에게 꾸지람 들을 일도 없고, 돈이 많아 머리 굴릴 일도 없다. 아무것도 두려워하지 않는다. 세웠던 계획이 성공하지 못할까 봐 애태울 일도 없다. 어차피 틀에서 벗어난 인생이다. 시간이 널널하니 무엇이든 생애에 하고 싶은 일을 골라서, 서두를 것 없이 하면서 살면 그만이다.

은퇴생활 몇 년 만에 글 쓰는 일을 만나, 그저 생각들을 시로, 수필로 써 보았다. 시작한 지 2년이 지나면서 책으로 엮어 냈다. 주위에서 출판기념회를 대대적으로 해라, 유명 작가, 요로에 책을 많이 보내라는 등 '무엇이 되어보라'는 충고들이 많았다. 천천히 걸으며 보행 묵념을 거친 끝에, 자신의 노래를 조용히 부르는 무명작가로 살기로 했다. 무엇이 되어보려고 머리 굴리고 욕심 부리는 것보다, 비우고 자유스럽게 건달로 사는 것이 훨 행복할 듯싶기에.

책『맹자』에 인용된 공자님 말씀에 '하늘은 녹이 없는 사람을 낳지 않고, 땅은 이름 없는 풀을 낳지 않는다.'라고 하였으니, 이름 없음을 걱정 안 해도 되지 않겠나. 어려서 아버지 앞에서 한문을 배울 때 '그래서 무명초(無名草)라는 풀까지 있지 않더냐.'고 설명을 들은 기억이 있다. 살면서 평생 돈을 벌어오지 않고, 그 아내가 생계를 이어오면서도 오순도순 잘 사는 사람들을 가끔 본다. 바로 건달이다.

젊은 시절에는 생존경쟁에서 낙오하지 않으려고 공부도 열심히 했고, 일도 쉴 새 없이 하였다. 고희(古稀)를 넘겨 건강 연령이 받쳐줄 때까지 일을 하고 은퇴하였으니, 이제 건달이 되어 빈둥거린다 해도 욕먹지는 않겠지 싶다. 나이 들어 찾아온 건달 생활을 만끽해 볼 생각이다. 떠날 때, '이생(生)은 멋진 여행이었다.'고 말할 수 있게.

보고 싶다고

전화를 받은 것은 서재에서 문우 한 분이 보내준 수필집을 읽고 있을 때였다. 창밖에는 어둠이 내리고, 고요한 저녁 시간에 한가하게 책을 읽을 때면 잔잔한 행복을 느낀다. 전화를 받아 보니, 이십년 전쯤 함께 자주 어울려 다니던 P 사장이다. 밤 10시가 넘어 잔뜩 취한 목소리다. 혀도 잘 돌아가지 않는 목소리로, "보고 싶습니다. 정말 한번 만나고 싶어요." 라며 울먹인다.

훤칠한 키에 미남으로 생긴 P 사장도 이제 칠십 중반의 노인이 다 되었을 것이다. 은퇴 후 취미로 시작한 시와 수필이 마침 책으로 나와 부쳐주고 싶었는데, 주소를 알 수 없어 보내지 못했다고, 주소를 알려주면 우송하겠다고, 기회 봐서 한번 상면하자고, 전화를 끊었다. 무엇일까? 저 노인이 이 밤중에 울먹이며 보고 싶다는 게. 이 인간 심 아무개일까. 상념(想念)이 깊어진다.

P 사장이 보고 싶다고 부르짖는 것은 내가 아닐 것이다. 그렇다. 세월 저편에 쌓여 있는 젊은 날이다. 젊은 날의 추억이다. 그것이 그리워 술 취한 늦저녁에 몸부림치는 것이다. 오십대 초중반 우리는 봉천동 사거리 카페 '예(藝)'

61

에서, 그 후에는 '미팅 포인트'에서 마셨다. '창밖의 여자'(조용필), '낙엽 따라 가버린 사랑'(차중락), '제비'(조영남), '하얀 나비'(김정호) 같은 노래를 들으면서 마셔댔다. 중요하지도 않은 일상(日常)들을 얘기하면서 시간 가는 줄 몰랐다. P 사장은 사업이 잘 돌아간다고 한창 고무되어 있던 시절이었다. 이제 힘없는 노인이 되어 그 시절이 그립고 보고 싶은 것이다.

'~지나간 것은 다시 그리워지나니.' 푸시킨의 시구(詩句)였던가. 주소가 오면 책을 부칠 때 메모를 넣어 보내려고 한다. 지난 세월은 아름다운 추억으로 남겨두고, 우리 노인들은 지금 이 순간을 잘 살아보자고. 남의 눈을 신경 쓰지 말고 나이에 어울리게 꾸미고, 친구들과 자주 만나며 살자고. 좋은 포도주부터 마시고 취미 생활을 해보자고. 말은 적게 하고 남의 말을 많이 들어주는 넉넉한 노인이 되자고. 맑은 가을 햇살에 곱게 물든 단풍잎은 봄날의 꽃보다 아름답다고. '맞습니다, 행님 말이 맞아요. 늙어가면서 약해지는 마음을, 가을밤에 잠시 놓쳤습니다. 우리 그렇게 살아가십시다.'라고 답장이 올 것이다.

가을은 추억의 계절인가 보다. 그때 藝카페를 운영하다가 미국으로 이민 간 P 여사한테서도 카톡이 왔다. '가을밤 메들리' 곡으로 옛날을 회상케하는, 낭랑한 목소리로 이어지는 노래 동영상을 보내준 직후였다. '한국의 가을이 너무나 그립습니다. 그리고 사랑하는 사람들 모두모두-.' 이어서 온 전화도 울음을 삼키는 간절한 목소리다. 아직까지 영주권이 나오지 않아 한국에 다녀갈 수도 없다고 한다. 이제 세월이 흘러, 한가족처럼 모여 놀던 식구들이 모두 이산가족이 된 느낌이다. 가을이 가고 있다. 그리움만 남긴 채.

그 시절의 추억

오늘이 그날이다. 고교동기 중에 각별히 가까웠던 친구 몇 명이 일찍 작고했다. 세월이 흘러도 그 우정(友情)이 잊히지 않아 일 년에 한 번씩 미망인들을 초대하여 점심시간을 같이한다. 그때 어울리던 친구 중에 아직 생존한 I이 연락을 맡아 모임이 이루어진다. 모이면 지난날의 추억들과 일화가 쏟아져서, 웃다 울다 한다. 그러면서 가슴에 맺힌 한(恨)이 한껏 풀리는 시간이 된다. 이 때문에 먼저 간 친구들에 대한 도리이며 의무처럼 생각하고 있다. 지난 옛일들이 주렁주렁 생각난다.

나이 삼십 후반에 집에서 나온 일이 있었다. 망연자실 갈 곳이 없어 방황할 때, 고교 동기생인 H 사장이 자기 집에 같이 기거할 것을 권하였다. 그의 집은 정릉 산 밑에 있는 개인 주택이었다. 거기서 한 달을 같이 지냈다. 중학교 2년생인 큰딸 Y는 소파에 외롭게 앉아 있는 내 모습이 안 됐는지 하교하면서 보고, 거실에서 고고를 추자고 잡아끈다. 그때는 몰랐는데 세월이 지난 후 생각할수록 어린 것이 기특한 것이다. 공부도 잘하고 총명하였고, 그후 명문 E 대 영문과를 졸업하였다. 친구는 그의 차를 자가용처럼 운전해 주었고, 절망하는 내 마음을 다독여 주었다. 부인은 끼니마다 정성들여 식단을 차렸다. 잠옷을 사올 때는 남편 것과 똑같은 것으로 내 것도 사왔다. 얼마나 속 깊은 배려였던가.

경찰 간부였던 K는 놀기도 잘하고 노래가 일품이었다. 술집 큰 홀에서 술 마실 때 무대 위에 올라 마이크를 잡고 '누가 울어~' 구성진 목소리가 나오면 배호는 저리가라 했다. 그가 떠나기 전 투병 생활하고 있을 때, 동기생 야유회 전세버스 안에서도 마이크를 잡고 노래하였다. 노래는 창백한 그의 모습에, 명가수의 혼이 내려앉은 느낌을 주었다. 이것이 마지막 듣는 그의 노래가 될지 모른다는 생각에, 가슴으로 눈물을 삼키던 기억이 있다. 녹음을 해 두자고 제안했으나 이루어지지 않았다. 오늘 같은 날은 그 노래들이 더욱 그리워진다.

J 변호사 부인 M 여사는 다른 변호사들처럼 경제적으로 넉넉한 유산을 남겨주지 못한 것을 아쉬워하는 눈치이다. '지금 경제적으로 넉넉하게 살지 못하더라도, 한국이 낳은 천재와 부부로 산 것을 영광으로 생각하시라.'고 위로의 말을 건넸다. 속으로는 위안이 되는 것 같았다. 공직에서 나와 변호사 개업 중에는, 무료 변론을 부탁할 정도로 가까운 사이였다. 어려운 친구가 그의 사무실에 찾아오면 지갑을 열어, 들어있는 돈을 반씩 나누어, 같이 쓰자고 한다고 들었다. 그렇게 하는 이유를 몰랐는데 부인의 말을 들어보니, 그냥 지갑에서 쓱 꺼내어 주면 상대방의 자존심을 상하게 할까 봐 배려한 것이라 한다. 재산을 모으는 데는 관심이 없던 기인이며, 열아홉 살에 양과에 합격한 천재였다.

그 시절에는 경제 형편이 어려운 친구가 여유 있는 고교 동기들에게 도움을 청하는 일이 어느 학교에나 가끔 있었다. 내 경우는 오겠다고 연락을 받으면 미리 봉투에 넣어 두었다가 돌아갈 때, 정중하게 전했다. 상대의 자존심을 생각한 처사였으나 J 변호사에 비하면, 인간적인 면에서 많이 떨어지는 방법이었다. 친구 중에는 도와준 것을 알리면서 다른 이들에게도 도와주라 권하는 경우도 있었으나, 아무 말도 하지 않았다. 오른손이 한 일을 왼손이 모르게 하라지 않던가.

사람의 뇌 구조는 좋은 일만 오래 기억하도록 되어있다는 것이다. 그래서 추억은 모두 아름다운가 보다. 친구들이 기억해 준다면, 갔어도 가지 않은 것이라 생각이 든다. 우리 가슴에 아름다운 추억으로 남아있는 동안, 그들도 함께 살아있다고 생각한다. 정유년도 저물어가는 이 가을에, 그 옛날 허물없이 지내던 친구들과 더불어 한 마당 회포를 푼 기분이다.

잊히지 않는 선생님

　　낙엽이 지고 가을도 저물어 가니, 살아온 세월을 돌아보게 된다. 긴 학창시절을 통하여 잊히지 않는 선생님들이 많지만, 수시로 생각나는 선생님이 한 분 계시다. 꿈 많던 고교시절의 P 교장님이다. 내가 다닌 K 고교는 지난 날 교육도시 공주의 명문이었으나, P 교장님은 서울 명문 경복고 교장에서 물러난 후 공주 발령을 거부하였다. 노년에 객지 생활의 어려움 때문이라 했다. 서울에서 활동하는 저명한 선배들이 삼고초려 하여 모셔왔다고 들었다. 선생님을 생각하게 되는 것은, 나하고 직접적인 관계가 있어서가 아니라 몇 가지 특징적인 가르침 때문이다.

　　교장 선생님이 오신 후 아침 조회는, 전교생을 세워놓고 보통 한 시간을 훌쩍 넘겼다. 배고프던 시절이라 허약한 체질에, 현기증이 일어 주저앉은 적도 있었다. 공부보다도 인간 되는 일이 더 중요하다고 생각하셨던 것이리라. 훈시는 우리 생활 주변 일들을 소재로, 인성교육에 해당하는 것들이었다. 영문학자로 알려졌고 우리 교실에 강의도 오셨는데, 영문중에 제일 긴 단어가 '부(富)를 뜬구름처럼 보는 것'(floccinaucinihilipilification)이라며 칠판에 내려쓰시던 기억이 아직도 남아 있다. 왜 하필이면 이 단어였나. 부를 뜬구름처럼 보며 살라는 뜻이 아니었나 싶다.

서울 집을 떠나 노년에 객지에서 하숙 생활하는 어려움도 토로하셨다. "점심 도시락은 생파를 썰어 지르르 흐르는 고추장에 찍어 먹어요." 이 말씀을 듣고 평소에 파를 싫어하여 입에 대지 않던 내가, 지르르 흐르는 고추장에 찍어서 먹어봤다. 별미처럼 참 맛이 있어, 한동안 즐겨 먹었던 기억은 지금 생각해도 우스운 일이다. 아마도 존경하는 선생님이 드신다니까 무조건 맛있게 느껴진 것 같다. 모든 것이 생각하기 나름이라 하지 않던가.

조회 시간에 강조하시던 말씀 중에는 인생을 살아가는 철학을 제시해 주기도 하였다. "살아가면서 경찰에 끌려가 조사받는 일도 없어야 하고, 훌륭하다고 신문에 나는 일도 없어야한다."라는 말씀은 지금껏 내 인생길에 길잡이가 되고 있다. 헛된 명예를 탐하지 말고, 내실 있는 삶을 살라는 뜻일 것이다. 그때는 TV나 다른 매체들이 없었기에 신문이 그 모두를 대신했었다. 요즘은 TV나 매스컴에 출연하는 것을 인생의 성공으로 알고, 여기 나오는 인사 중에 좀 더 튀어보려고 과장된 몸짓을 하는 것을 볼 때는 동정심을 느낀다. 자기 PR 시대라 하나 정확하지 않은 말을 하고 나면, 가슴은 가을걷이 끝난 빈 들판처럼 초라해질 것 같은데.

'훌륭하다고 신문에 나는 일도 없어야 한다.'는 말씀을 그때는 온전히 이해하지 못하였다. 하지만 세월을 살아가면서, 인생에는 부침(浮沈)이 있다는 것을 알게 되었다. 너무 높이 올라가면 내려올 때 다치게 된다는 사실이다. 잘못 다치면 삶이 송두리째 만신창이가 되는 것이다. 우리나라 대통령을 역임하신 분들이 온전하게 물러나 자유로운 여생을 보내는 일이 있는가. 대

67

통령 뿐 아니라 고관을 지내는 분들도 교도소 담장을 걷는다고 하지 않던가. 옛날 교장 선생님의 말씀이 맞는 말씀이었구나, 생각된다. 복구고비(伏久 高飛), 오래 엎드려야 높이 날 수 있다는 말씀도 항상 기억하는 것이다. 돌아보면 이런 훌륭한 선생님이 있어 인생을 가볍게 살지 않았다고 여겨진다.

세월이 흘러 대학도 졸업한 어느 날, 광화문 아카데미 극장(지금은 동화면세점 부근) 앞길에서 사람들 틈에 섞여 지나가는 P 교장 선생님을 얼핏 보았다. 잎새 다 떨구고 난 겨울나무처럼 초라했던 모습이 잊히지 않는다. 달려 나가 인사를 하지 못한 것이 지금 후회된다. 그때는 너무나 변한 모습에 놀라, 선생님이 맞는지 가늠하느라 인사를 할 틈을 놓쳤었다. 연로한 모습에 세월이 한스러웠지만, 재임 시절 교사들을 일사불란하게 거느리고 왕처럼 산교육을 실천하시던 선생님의 향기는 지금도 은은하다.

고향의 친구들

　　내 고향 공주에는 어릴 적에 같이 놀던 친구들이 있다. 산수의 나이를 넘어가는 지금도 일 년에 한 번, 봄이 먼발치에서 소식을 전할 때쯤 초등학교 동기로 고향에서 만난다. "무치는 건(묻히는 것은) 걱정 마러." 몇 년 전에 만났을 때, 학태가 내게 해준 말이다. 눈망울이 소를 닮은 그는 평소에 말이 별로 없는 친구다. 죽어서 고향에 묻힐 때는 자기가 해 주겠다는 뜻이다. 이런 말을 아무렇지 않게 할 수 있는 친구가 옆에 있다는 것이 흐뭇하다.

　　"나 원기여, 금년에는 밤이 괜찮게 되어서 보낼 팅게 먹어 봐." 금년에도 밤을 보낸다고 한다. 통화하는 것 자체가 반가운 듯 목소리가 다정하다. 작년에는 내 책이 나와서 부쳐 주었더니, 밤이 잘 되지 않았다고 하면서 한 상자 보내 주었다. 책을 받았으니 답례를 해야겠다는 순박한 마음에서 보냈으리라. 상자를 뜯고 삶아서 먹고 깎아서도 먹는 동안, 친구가 정성껏 꾸려 보낸 고향 냄새가 집안에 가득 묻어났다. 추억은 우리를 옛날로 데려간다.

　　근 칠십 년 전 우리가 초등학교에 다닐 때는 자동차도 없고 아파트도 없었

69

다. '몇 평짜리 아파트에 사느냐.' 혹은 '무슨 차를 타느냐.' 이런 것도 물론 없었다. 친구가 "오늘은 우리 집에 가서 놀자."고 하면 따라가서 놀았고, 친구의 여동생은 내 동생처럼 물도 떠다 주고 심부름도 해 주었다. 모두가 같은 식구처럼 살던 그 시절이, 지금 생각하면 가난했지만 행복했던 세월이었다.

학교가 끝나면 산이나 들로, 냇가로 마음 내키는 대로 쏘다니며 놀았다. 산에서는 진달래도 꺾고, 허기져서 그 꽃을 따 먹으면 입이 파래졌다. 냇가에 가서 붕어나 모래무지 같은 물고기를 잡아 천렵도 했다. 요즘 어린이들이 하교하면 곧바로 학원에 달려가는 대신에, 그 시절엔 자연 속에 파묻혀 어린 시절을 살았다. 오늘의 어린이들 생활을 보면, 이것이 과연 우리 2세들을 잘 가르치는 것인가 의구심이 생기고 한편 측은한 생각도 든다.

천방지축 시골에서 그렇게 자랐지만, 동기생 중에는 대학교수가 두 명, 준재벌회사 사장 한 명, 기업가 두 명, 학교 선생님 몇 명(교장도 한명), 의사도 한 명, 이처럼 다방면으로 사회에 진출했다. 그냥 농촌에서 자리 잡은 친구들은 하얀 박 속처럼 깨끗한 영혼을 간직한 채, 시골 생활을 하고 있다. 이 중에는 공부를 잘했는데도 상급 학교에 다닐 학비 마련이 어려워 포기한 친구들이 많다. 공주 밤이 전국적으로 유명한데, 이 밤농사를 처음 정안면에서 대대적으로 시작한 사람이 L이라는 우리 초등학교 동기이다. 이 친구가 밤 농사를 기업으로 하면서, 새로 산 차로 버스 정류장까지 정답게 데려다주던 기억이 엊그제 같은데, 그는 벌써 하늘나라로 갔다.

서울 진학을 앞둔 고교 시절에는 달빛이 환한 가을밤 서울 쪽, 북으로 울며 날아가는 기러기 떼를 보고 눈물이 소리 없이 흐르더니, 이제는 파란 하늘에 남쪽 고향으로 흘러가는 구름만 보아도 가슴이 아리해진다. 황혼을 걷고 있

70

는 요즘도 고향 친구들 모임이 기다려지고, 다녀오면 내 영혼까지 깨끗해지는 느낌을 받는다. 딱히 정해놓은 방향도 없이, 꾸역꾸역 사람들 가는 방향으로 걸어가 보는 것이 우리들 인생이 아닐는지. 이 외롭고 메마른 길에, 편안하게 마음을 줄 수 있는 고향 친구들이 있다는 것은 큰 축복이 아닌가, 싶다.

당구를 치면서

　　당구를 처음 친 것이 대학 예과 때(1961년)였다. 그 후 60년대 후반 군에 있을 때 일 년 정도 쳤고, 일에 파묻혀 살던 40여 년의 세월이 흐른 후, 수년 전 은퇴한 후에 다시 치고 있다. 육칠십 년대 이후에는 한참 사양길을 걷던 당구장들이 근래에 다시 성업 중이다. 노령 인구가 많아지면서 시간이 많은 은퇴자들이 격심한 운동을 피하여, 운동 겸 놀이로 당구장을 찾는 것이다.

　　예과 때, 경성대 예과 빨간 건물이 있던 청량리에는 로터리 근방으로 당구장이 많았다. 학우들과 몰려가서 쳤고, 지는 사람이 게임 값을 내는 규정이었다. 그때는 60을 놓고 쳤던 기억이다. 넉넉지 못한 용돈을 당구 값으로 내고 나서 궁핍한 주머니 사정 때문에 고생한 일도 있었다. 옛날 모 재벌 회장이 '이 세상에 마음대로 안 되는 것이 골프하고 자식.'이라고 했다는데, 당구도 그런 것인지, 마음먹은 대로 잘 맞아 주지 않는다.

　　안동에서 사단 근무 시절(1968~1969년)에는 퇴근 후에 내기 당구를 쳤다. 각자 얼마씩을 당구대 모서리에 묻고 치면, 일등으로 난 사람이 모두 가져가는 것이다. 그때는 80을 놓고 쳤는데 지는 경우가 많지 않았다. 그럴 때는 점수를 올려야 하는데 이기는 재미에 짜다는 소리를 들어도 그대로 80을 고수하였다. 지금 생각하면 승부욕에 사로잡혀 남을 배려하는 정신이 부족했던 젊은 시절이었다. 재미가 있어 자정까지 치기도 했었다.

요즘에 함께 치는 친구들은 대학 동기들이다. 입학하고 신입생 환영 야유회에 갔을 적에 한 친구의 제안으로 상록회(Evergreen Club)라는 친목 모임을 만들었다. 무려 60년을 이어오는 역사적인 모임이다. 모두 17명이었는데 10명이 미국 의사로 가고, 한국에 남은 친구들이 모임을 이어간다. 젊을 때는 산으로 헤매고 다니면서 산우회라 개명을 했고, 이제는 기운이 빠지니 모여서 밥 먹고 당구를 친다. 체력에 맞는 운동을 하니 좋고, 만나서 속을 털어놓는 이야기를 나눌 수 있어 좋다. 마음이 통하는 친구들이기에 만나는 날이면 마치 소풍날 기다리는 듯한다.

당구는 처음에 30점으로 시작해서 점수를 점차 올리는데, 250~300점을 치면 아마추어로는 꽤 잘 치는 수준이다. 친구 중엔 250을 치는 고점자가 두 명 있다. 나는 80이었는데 점점 올리라 해서 지금은 180을 놓고 친다. 장족의 발전을 한 셈이다. 비슷한 점수로 쳤던 한 친구는 하늘나라에 갔다. 그의 빈자리가 항상 아쉽게 남는다. 학생 때는 게임 값을 아끼려고, 군에서는 판돈을 잃지 않으려고, 승패에 신경을 쓰면서 쳤다. 지금은 승패에 상관없이 그냥 재미있게 치려고 마음먹으니 오히려 더 잘 맞는 것 같다.

당구도 상대방이 칠 때는 관심 있게 보면서, 점수를 셈해 주는 것이 기본 매너이다. 상대가 칠 때 옆의 당구대에서 치는 사람들을 훈수하고, 그들과 자주 말을 나누며 딴전을 보는 사람도 있다. 당구를 쳐보면 그 사람의 심성이 나타난다. 우리 인생길이 선택의 연속이라 말하듯이, 당구도 공의 배치에 따라 치는 선택을 여러 가지로 할 수 있다. 잘못된 선택으로 인생이 한 번 실패하면 다시 현명한 선택으로 재기의 몸부림을 치듯, 이 당구도 좋은 선택을 하려고 머리 쓰며 친다.

당구 칠 때 가장 중요한 기본 3요소는 당점, 두께, 힘조절이라고 한다. 마음먹은 대로 맞아주면 머리에서 엔도르핀 쏟아지는 소리가 펑펑 들리고, 그림 같은 쓰리쿠션이 한동안 기억에 남는다. 당구를 치다 보면 삶이 보인다. 공을 볼 때 파란 초원 위에 양들이 평화스럽게 뛰노는 모습을 보는 것처럼, 마음을 비우고 승패를 초월하여 부드럽게 치면 잘 맞는다. 욕심을 내어 힘껏 칠 때는 공이 엉뚱한 길로 간다. 우리들의 세상사는 욕심을 모두 내려놓고 순리대로 풀어나가야 된다는 것을 당구에서 배운다.

먹어야산다

　먹는다는 것이 아주 중요하다는 것을 절실히 느끼고 있다. '먹기 위해 살지 말고, 살기위해 먹어라.'라는 담론은 오래되었지만, 식욕이 뚝 떨어진 요즘은, 죽지 않으려면 먹어야 한다는 말이 되어 버렸다. 건강 하나로 가난했던 삶의 무게를 짊어지던 젊은 시절에는 무엇이든 맛이 있었다. 이제 나이가 들어 병원에 다니며 건강을 관리하는 입장이 되니, 도무지 먹고 싶은 것이 없다. 음식을 어떻게 하면 맛있게 먹을 수 있을까 고민하게 된다. 그나마 입에 당기는 것은 어렸을 적에 어머니가 해 주시던 음식들이다. 늙으면 애 된다는 말이, 입맛도 그런가 보다.

　음식은 입맛으로만 먹는 게 아니라 눈으로도 먹는다. 달포 전에 아내와 함께 양재동 농협 하나로 마트에 들렀었다. 보리굴비를 파는 코너를 지나다 달아난 입맛을 잡아 보려고, 한 두릅을 샀다. 아내가 쌀뜨물에 불렸다가 찌는 요리법을 배워 상에 올린다. 된장찌개나 나물 같은 다른 반찬과 고루 섞어 먹으면, 밥 한 그릇을 비우는 데 무리가 없다. 보리굴비는 입맛을 돋우는 눈요기로 좋다. 맛있는 냄새가 나는 반찬도 식욕을 돋운다. 그러고 보면 음식은 시각과 후각으로도 먹는 셈이다.

음식은 조리해 주는 정성으로도 먹는다. 하루 세끼 중 아침저녁은 집에서 먹는데, 내자는 식단을 꾸리는 데 말없이 정성을 쏟는다. 나물 반찬, 과일, 채소 생선들을 제철음식으로 장만하려고 애쓴다. 영양을 유지해 줄 적당한 담백질, 건강에 좋다는 음식들을 입맛에 맞게 조리한다. 손가락 마디가 아파서 고생하면서도 내 건강 지킴이 노릇을 성심껏 하니, 부부란 이런 것인가, 느낌이 깊어진다. 요즘은 몸에 좋고, 병에 좋다는 식재료들이 넘쳐난다. 이것들을 선별하여 정성껏 요리하는 것을 보면 정갈한 식탁에 앉아 식사를 한다는 것이 행복하다는 생각이 든다.

아내의 노고를 생각하여 점심은 주로 대중식당에서 먹게 되는데, 주위를 둘러보면 나와 같거나 더 저렴한 메뉴를 시켜 먹는 사람을 보지 못하였다. 옛날을 생각하며 보리밥을 즐겨 먹는 편인데, 옆자리 젊은이들은 하나같이 쭈꾸미 볶음이라도 곁들여 나오는 보리밥 정식을 시켜 먹는다. 이상하다고 여겨, 그 이유를 생각해 보았다. 6·25 전란을 겪으면서 가난하게 살던 시절, 점심은 감자나 고구마 한두 개로 때우고 넘기던 사람과, 그 후 풍요의 시대를 고생 모르고 살아온 세대와의 차이라 짐작되었다. 젊은이들이 잘 먹는 것은 좋다. 하지만 그들의 정서를 보면 내일을 위한 저축이라는 개념이 부족한 것 같아 아쉽다.

음식은 분위기로도 먹는다. 여럿이 먹으면 덩달아 먹게 되고, 그래서 손님들이 많이 모이는 식당을 찾게 된다. 그런 곳이 음식도 맛이 있다. 각종 모임들로 식당이 만원을 이루는 것을 보면, 먹기 위해 사는 것이 아닌가도 싶다. 대가족이 살던 옛날에는 온 식구가 함께 식사를 했고, 밥상머리 교육이라는 것이 있었다. 식사하면서 식사예절은 물론 가족 간에 소통하는 시간이었고, 여럿이 둘러 앉아 먹으니 음식은 자연히 맛이 있었다. 혼밥, 혼술하는 현대에는 기대하기 힘든 환경이다.

음식도 맛있어야 하지만 서빙도 세심해야 입맛을 살린다. 점심에 식당을 찾을 때, 맘에 드는 곳을 찾기가 쉽지 않다. 음식이 아무리 좋아도 서빙이 좋지 않으면 입맛은 반감될 수밖에 없다. 단체로 식사할 때에 보면, 주문을 빼먹는 일도 있고, 이것이 누구 주문인지를 모르는 때가 많다. 뒤죽박죽 얻어먹는 기분이 들 때도 있다. 외국여행 때처럼 식사 후 봉사료를 조금씩 놓는 풍습을 수입해서라도 서비스의 질을 높였으면 하는 생각을 종종 해본다. 이 팁이라는 것은 서비스 향상뿐 아니라, 식비를 올리지 않는 요인도 된다고 들었다.

수개월 전에는 입맛도 뚝 떨어지고, 체중도 많이 내려갔었다. 기운도 가라앉고 잠이 자꾸 몰려와, 수술받은 것이 재발하였나 속으로 걱정이 많았다. 진료받을 때 담당 교수에게 이 말을 하니, "아마 봄이 되어서 그런가 보죠." 라고 한다. 우문현답으로 마음이 편해진다. 내자가 옆에서 듣고, 깜짝 놀라 음식에 더욱 정성을 들인 덕분에, 점차 체력도 회복되고 체중도 조금씩 올랐다. 젊은 시절에는 축적된 에너지가 있어, 시간이 날 때 대충 먹으면 됐는데 이제는 살려면 제때에 먹어야하는 나이가 된 것이다.

학장까지 역임하시고 학생들에게 존경받던 M 교수가 군 훈련 시절에 누룽지를 훔쳐 먹다 들켰다는 얘기는 유명하다. 그때는 웃었는데 지금 생각해 보니, 배고픈 시절이라 살기 위한 결단이었지 싶다. 생활고 끝에 먹지 못해서 젊은 나이에 죽어간 시나리오 작가 C 씨는, 예술인 복지법을 만들게 하지 않았나. 아프리카 어린이들이 먹지 못해서 뼈와 가죽만 남아 커다란 눈동자만 굴리는 모습을 화면에서 볼 때, 우리의 심정은 어떠한가. 옛날에는 먹는 것을 밝히면 천하다고 했지만, 살려면 먹어야 하고, 잘 살려면 잘 먹어야 한다는 것은 삶의 기본이라고 여겨진다.

대인관계

사람은 희로애락(喜怒哀樂) 속에서 이 세상을 살아간다. 혼자 사는 것이 아니라 사회라는 공동체 속에서 어울리며 살아가야 하기에, 만나는 인간관계에서 여러 감정들이 생긴다. 유유상종(類類相從)이라고 비슷한 사람끼리 모이게 되지만, 살다 보면 반갑지 않은 사람도 만나게 마련이다. 이기심, 질투심이 강하거나, 가까이하기 싫은 사람과 상대하면서도 상처받지 않으며 살아갈 수는 없을까. 진정 원만한 대인관계란 무엇일까.

고교 시절 조회 때, 교장 선생님의 말씀 한 마디가 지금껏 내 삶의 지표가 되어 왔다. 아이젠하워 미 대통령의 솔직 명쾌한 생활 태도를 소개하면서, 그의 대인관계에 대한 비결을 말해 주었다. 상대해 본 사람을, 마음속에 점수를 매겨놓고, 그 사람에게서는 항상 그 점수만큼만 기대하면, 속상할 일이 없다는 것이다. 이 말을 듣기 전에는 모든 사람들의 삶을 내 관점에서 보고, 바로잡고자 하는 열망으로 괴로운 적이 많았다. 이 말씀은 곧바로 내 마음가짐을 바꾸는 계기가 되었다. 조회 때 앞사람이 줄을 비뚤게 서도 굳이 바로 서라고 상관하지 않았다. 그것은 그 사람 몫이라 생각하게 된 것이다.

친구에게서 날아온 카톡을 보니, 장수 비법 7가지 중 하나가 '원만한 인간관계'라는 것이다. 대인관계를 원만히 해나가야 마음도 편해지고 행복한 삶을 살아갈 수 있다는 말에 공감한다. 선생님의 말씀을 간직하고 있었기에 살아오면서 다른 사람과 크게 충돌하거나 속상한 일은 없었다. 원만한 대인관계를 은근히 자랑으로 여기며 자부심을 갖고 살아오던 중, 뜻밖의 곳에서 어이없는 실수를 저지르고 말았다. 오십대 초반 대책 없이 퍼마시고 다니던 시절이었다. 만취한 상태에서 앞에 운전하는 여자에게 "니가 누구냐, 이년." 하면서 뺨을 몇 대 갈겼다. 그 여자는 조용했다. 집에 와서 보니 안사람이었다. 그녀는 조용히 눈물을 닦았다.

제정신이 들면서 내 마음은 아파서 울었다. 그때부터 석 달 열흘간 술을 한 방울도 마시지 않았다. 금주 기간을 끝내면서 미안함과, 절주를 하겠다는 내 속마음의 다짐으로 반지를 하나 선물하였다. 그 후에는 주량을 정해 놓고, 절주하기 시작했다. 대인관계에서도 균형 감각이 흐트러지는 일은 별로 없었고, 가정에도 사랑과 평화가 자리 잡게 되었다. 아내나 가족처럼 가까운 사람은 이해해 줄 것이라 생각하고 함부로 대하기 쉽지만, 오히려 상처가 더 크다는 것을 깨달았다. 생각하면 지금도 미안하고, 소리 없이 참아준 아내가 존경스럽다.

이제는 산전수전 다 겪은 평온한 마음이다. 석양 길에 바랑 메고 선 나그네가 되고 보니, 지난날 실수한 기억들이 잊히지 않는다. 가까운 사이일수록 더 예의 있게 대해야 한다는 것, 나도 틀릴 수 있다는 것도 알았다. 사람은 누구나 자기 색깔대로 세상을 살아간다는 것, 다만 내 색깔과 다를 뿐이라는 것도.

쉽게 살아가는 친구들

사람은 누구나 자기 개성대로 살아간다. 개성에 따라 쉽게 살아가는 길을, 아니면 도전적인 삶의 길을 선택하게 될 것이다. 오늘 아침 맹추위라는 예보를 듣고, 겨울 햇살이 환하게 들어오는 안방 침대에 누워보니 마음이 아주 편하다. 편안하게 누워있으니, 삶을 쉽고 편하게 살아온 친구들이 문득 생각난다. 이 친구들을 생각하면 나도 마음이 느긋해 지고, 웃음이 실실 나온다.

대학에 입학하면서 친목 모임이 만들어졌다. 사십 대부터 등산을 했는데, 경상도 출신 B는 늘 나오지 않았다. 이유를 물어보면 '결국 내려올 것을 뭣 하러 어렵게 올라가느냐.'였다. 아마도 그는 등산하면서 자연을 감상하는 즐거움쯤은 모두 내 마음속에 있다는 생각이었을지 모른다. 우리는 정기적으로 관악산을 오르내렸고 서울 도심을 한눈에 내려다보며, 나오지 않는 그 친구를 생각했다. 태백산 등반 때도 눈보라와 싸우고 있는 주목들의 기개에 감탄하며, 천왕단에 참배하면서 그를 아쉬워했다. 수련의 시절에는 본인이 처리할 일은 미리 알아서 모두 정리해 놓을 정도로 부지런하다고 소문이 난 친구이다.

고교 친구 중에는 동기회 일을 같이 보던 L이 있었다. 건축업을 하여 상당한 재력을 마련했는데도 그 흔한 해외여행 한 번 가지 않았다. "어부인 모시고 여행도 좀 다니고 그러지?"하면 "테레비에 다 나오는 걸 왜 힘들게 돌아다녀."라고 대답했다. 중세 도시 프라하를 여행하면서, 멕시코 휴양지 칸쿤의 썬 베드에 누워 카리브해를 거쳐 불어오는 시원한 바람을 맞으면서 그를 안타까워했다. 동기 모임에서는 정중한 진행을 함으로써, 모임을 한층 격조 있게 만들었던 친구였다.

〈세계 테마여행〉이나 〈걸어서 세계 속으로〉 같은 TV 여행 프로를 보면, 높은 산을 오르려고 위험을 무릅쓰고 도전하거나, 기진맥진 사막을 헤매는 모습들이 나온다. 이럴 때면, 젊은 시절 부지런히 등산도 하고 여행도 다닌 일들과 이 친구들이 편하게 살아온 역사가 동시에 겹쳐지며, 인생은 그렇게 자기 마음 내키는 대로 살아가는 것이구나 새삼 느껴진다. 하지만 치열한 현실에서 한 걸음 비켜서고, 안일하게 살아가는 것이 바람직한 길일까, 라는 의문은 든다. 이렇게 편안하게만 살다 보면 무엇인가 기대하면서 갖게 되는 두근거림, 가슴 터질 듯한 환희 같은 느낌은 맛볼 수 없을 것이다. 상상해 보면 매우 단조롭고 쓸쓸한 일이다.

요즘은 낮은 산도 숨이 차는 세월을 살다 보니, 참 편하게 살아온 그 친구들이 이해될 듯하다. 신라 고승 원효도 당에 불법을 배우러 가다 우연히 해골에 고인 물을 마시고 '모든 것이 마음먹기에 달린 것(一切唯心造)'이라며 고생스러운 유학길을 되돌아 왔다지 않은가. 실계(失戒)를 하면서 더 위대한 사상가가 되어 무애(無碍) 사상, 일심(一心) 사상 등을 전하며, 귀족불교에서 대중 불교로 바꾸는 업적을 남겼다고 한다. 이 친구들도 모든 것이 내 마음 속에 있다고 생각하고 마음이 시키는 대로 흐르는 물처럼 살아왔기에, 오늘도 당구치는 얼굴이 맑고 평온한 모습이다.

알뜰한 우리 세대

초등학교 때 6·25를 겪고, 대학에서 4·19를 경험한 세대이다. 지금은 나이가 들어 대부분 은퇴를 했고, 아직도 일하고 있는 동기는 몇이 되지 않는다. 대학 동기 중 오랜 기간 뭉쳐 다니던 모임이 있는데, 지금도 매달 두 번 모인다. 삼사십 대에는 모이면 술을 마셨고 사십대 후반부터 육십 대까지는 산에 다녔다. 요즘은 모여서 점심 식사 후 당구를 친다. 회비를 걷어 쓰는데 알뜰하다.

점심을 먹을 때는 의견들을 물어 식당을 정하는데 고급식당은 절대 가지 않는다. 식사는 대개 일인당 만 원 정도로 선택한다. 만 원을 넘으면 비싸다고 생각한다. 번듯한 의대 출신의 의사 선생, 박사들이다. 젊어서 고생들 했기에, 낭비를 모르고 살아온 친구들이다. 지난달 모임에는 15,000원짜리 갈비탕 집을 옆에 놔두고, 구천 원짜리 갈비탕을 먹으려고 뙤약볕 속에 십 분도 더 걸었다. 당구장도 십 분에 천이백 원이면, 노인 우대해 주는 천 원짜리 다른 당구장을 찾아 헤맨다. 알뜰한 것은 좋으나, '이렇게까지 해야 하나.'라는 생각이 든다. 하지만 조용히 따른다.

사십대에 인생 경험이 많은 친구를 만나서, '돈은 자신을 위해 써야 가치가 있다.'는 철학을 배운 바 있다. 그 영향으로 한때는 돈을 물 쓰듯 써 보는 경험도 했다. 그럼에도 요즘 좋아하는 보리밥 식당에 갈 때면, 그냥 전통 보리밥, 팔구천 원짜리면 충분하다고 생각한다. '세 살 버릇 여든 간다'고 나도 별 수 없는 알뜰 세대인 것이다. 고생하며 자라온 세대이니 그 틀에서 벗어나지 못하는 것이다.

아내는 알뜰 세대와는 거리가 멀다. 설거지할 때나 샤워할 때에는 수돗물을 계속 틀어 놓는다. TV는 딴 일을 하면서도 계속 틀어놓고, 잠 잘 때에야 끈다. 집중해서 보지 않으면 치매에 걸린다고 겁을 줘도 헛일이다. 한 동네에 사는 사촌 형수는, 부유한 가정에서 자랐지만, 안 볼 때는 전기 코드까지 뽑아 놓는다고 들었다. 아내는 물건도 백화점에서 주로 산다. 몇 번밖에 안입은 옷은 그냥 옷장에 넣어두려 하지만, 아내가 보면 세탁 바구니로 들어간다. 사년밖에 나이 차이가 없는데 왜 그럴까 생각해 보았다.

'알뜰함'은 어렸을 때부터 살아온 생활 습관에서 온다고 본다. 아내는 은행원이었던 아버지 밑에서 고생을 모르고 자랐고, 학창시절에 방송국에 입사하였다. 80~90년대 활발했던 성우(聲優) 안정현이다. 은하철도 구구구(메텔역, 본방), 머털도사(머털이 역), 태권동자 마루치(마루치 역) 등 수많은 배역을 하면서 돈을 쉽게 벌었다. 〈봄날은 간다〉라는 영화에는 20초 녹화에 300만 원을 받았다고, 적게 받은 것이라 했다. 초년 고생 없이 돈 무서운 줄을 모르고 생활해온 것이다.

'습관은 제2의 천성'이라는 서양 속담이 있다. 어쩌랴. 이 나이에 천성처럼 굳어진 아내의 생활 습관을 어찌 고치겠는가. '물을 아껴쓰면 신이 복을 내려주신다.'고 어머니한테 듣고 자라온, 내가 근검하게 살면서 짝을 맞춰 살아가는 수밖에 없지 싶다. 머지않아 단풍이 들고 낙엽 지는 소리가 들릴 것이다. 자신은 알뜰하게 생활하는 노인일망정, 주위 사람에게는 절대 구두쇠 영감 노릇을 하지 않도록 유념해야겠다.

혼밥 수난의 날

　일주일에 한 번, 오늘 점심은 혼밥하는 날이다. 매주 토요일에는 아내가 서울로 문화 교실에 가기 때문이다. 다른 때는 집에 차려주고 갔는데, 외출 준비로 바쁜 시간에 수고스러울 듯하여 그러지 말라고 일렀다. 외식을 하려니 무엇을 먹을지 막막하다. 일단 마을버스로 식당 많은 곳으로 나가서 해결하고, 돌아올 때는 걸어오면서 오늘 운동량을 채우기로 했다.

　번화가에서 내려 일식당을 훑어보았다. 탕 종류를 보니 2인 이상 주문이다. 발길을 돌려 몸에 좋다는 청국장집으로 갔다. 토요일이라 그런지 오후 2시가 넘었는데도 식당 안은 만원이고 밖에서 손님들이 기다린다. 요즘은 밥을 집에서 잘 안 해 먹는다는 말을 실감할 수 있었다. 순서가 되니 들어오라 하여, 안내하는 테이블에 앉았다. 바로 뒤에 부부인 듯 2인 손님이 들어오자, 자리를 옮겨 달라한다. 가보니 유리창에 붙은 쟁반만 한 외진 테이블에 의자를 하나 놓아 준다. 처음부터 안내된 자리라면 수긍하겠으나, 쫓겨온 자리가 이 지경이니 참기가 어려웠다. 늙으면 참아야 한다고 누차 들었지만, 늙어 초라한 외모에 외진 곳에 앉으니 마치 문전에서 빌어먹는 느낌이 들었다. 주

87

문을 취소하고 나와 버렸다.

우리 사회는 순서를 기다리지 못하는 습관이 있다. 요즘은 많이 개선되어 제법 순서를 잘 지킨다. 뒤에 들어온 두 사람도 잠시 기다리라 했으면 될 것 아닌가. 혼밥이라고 무시당하는 기분이었다. 늙은이라고 무조건 참아야 된다는 것은 아닐 것이다. 아내가 있을 때는 짝을 맞춰 다니니 이런 서러움을 당하지 않았다. 가끔은 차를 타고 깔롱 마을이나 먹자 골짜기로 드라이브 삼아 다니면 경치도 좋고, 공기도 좋고 도란도란 데이트 삼아 즐거웠다. 오늘처럼 헤맬 필요가 없었다. 요즘 우리 대통령 부처가 중국에 가서 혼밥하고 다녔다고 말들이 많다. 사실이라면, 지난날 중국으로부터 핍박받아온 우리 역사를 생각할 때 참을 수 없는 비애를 느낀다.

무너진 기분을 안고 다시 한식당으로 갔다. 들어가 둘러보니, 지난날 장관을 지냈다는 우리 아파트 단지의 노 영감님 부부가 자리를 잡고 앉으셨다. 혼밥하는 내 몰골이 초라하게 느껴져서, 한편으로는 그분들의 분위기를 방해하고 싶지 않아서 인사도 없이 또 나왔다. 중식당으로 가 보았다. 여기서도 순서를 기다렸다가 안내된 자리에 앉았다. 작은 방에는 바로 옆자리에 가족인 듯 셋이서 앉아 요리를 시키고 맥주도 마시는 것으로 보아 무슨 기념일이지 싶었다. 칸 막은 공간에 그들 옆 테이블에 앉으니, 자유스럽지 않았다. 오늘은 일이 안 풀리는 날인가 보다. 옆 손님들에게 인사말이라도 건넬까 생각해 보았으나, 그들의 분위기를 지켜주는 것이 나을 것 같았다. 식사 후 나오면서 조용히 의자를 밀어 넣었다.

이제 성복천 둔치 길을 걸어가면서 운동량을 채우면 그만이다. 하지만 잔뜩 찌푸린 하늘처럼 마음속도 구름이 시커멓다. 천천히 걸으면서 기분을 정리해 볼까, 옆에 가끔 들르던 B 카페에서 커피라도 마시면서 구겨진 기분을 다림질해 볼까 망설이다가 카페 문을 열었다. "그동안 어찌 그리 안 오셨어요?" 여주인이 반갑게 인사한다. 창가에 앉아 흐르는 냇물과 둔덕에 활짝 핀 개나리, 매화들을 보면서 가까스로 마음의 평온을 찾아가고 있었다. 남자 주인이 인사하며 앞에 앉는다. 노모의 치매가 심하여 간병하려고 며칠 후 가게 문을 닫는다는 것이다. 기특한 효자 효부란 생각이 들었다. 연전에 전해 주었던 수필집을 온 식구가 돌려 읽었고, 며칠 전 그들의 신부님이 빌려갔다고 한다. 다음에도 책이 나오면 꼭 볼 수 있게 해 달라는 부탁이다. '내 책을 읽어주는 사람도 있구나.'라는 생각에 혼밥으로 망가진 기분이 한결 나아진다.

우리나라에 일인 가구가 27%(2015년 통계)나 되며, 대학생이나 젊은이들 혼밥족이 점차 많아진다고 한다. 차제에 식당들도 혼밥족을 위한 자리를 별도로 마련하는 것이 좋을 것 같다. 이 혼밥족에도 하수, 중수, 고수, 초고수, 달인으로 레벨이 있다고 말한다. 하수는 혼밥을 할 때 '친구가 없나 보다.'라고 남들에게 취급받을까 봐 비참한 느낌을 받으며, 달인쯤 돼야 남의 눈치 보지 않고 즐기며 먹을 수 있다는 것이다. 지금까지 혼술에는 달인이라고 자부해 온 내가, 혼밥에는 하수였나 보다.

책을 발간하다

　　　그동안 써왔던 시와 수필들을 모으고 정리하여 출판사에 보냈다. 우선 책 표지와 제목을 정해야 한다. 다음에는 책의 디자인에 대해서도 출판사와 직접 상의하는 과정을 거친다. 시집과 수필집을 동시에 내는 작업이기에 간단하지가 않다. 내 자신의 의견이 있고 출판사의 권고안이 있다. 이 둘 중에서 선택을 해야 한다.

　　생각 하나 문득 떠오른다. 삼십여 년 전에, 병원 건물을 지으면서 설계사 무실을 여러 번 들렀다. 갈 때마다 자신의 의견을 주장했고, 거기서는 그것을 모두 수용하여 주었다. 심지어는 건축주의 의견을 소홀히 받는다고, 예비 설계사 한 명이 해고되기까지 했다. 건물이 완성된 후 둘러보는데, 헐어버리고 다시 짓고 싶은 충동을 느낄 정도로 엉망이었다. 진찰실이 귀퉁이에 앉고, 화장실이 중앙에 자리를 잡고, 중요한 자리에 계단이 버티고 있었다.

　　지난 경험을 상기하면서, 내 생각은 참고로 제시해 주고, 출판사의 전문가 의견을 대폭 수용하기로 마음먹었다. 거기서는 권고안을 포함하여 몇 가지 안을 제시해 준다. 그 조언대로 받아들이니 출간 후에 글 쓰는 친구들로부터

'책이 아주 예쁘게 나왔다.'는 말을 많이 듣는다. 돌아온 원고를 보니, 글들의 목차도 많이 바뀌어 있었다. 의아하게 생각하고 자세히 살펴 보니 글의 순서를 바꿈으로 해서 누워있던 글들이 살아서 일어난다. 막혀 있던 맥이 뚫리면서 글의 혈류가 흐르기 시작한다. 놀라운 현상이었다. 지도교수의 안목인 듯하여 감사한 마음이다.

출판 작업들을 하면서, 글도 잘 써야 되겠지만, 책을 만든다는 것 자체도 하나의 예술이라고 생각하게 되었다. 가을 단풍도 배경이 좋아야 아름답게 보이고, 화가의 그림도 표구를 잘 해야 사는 것과 같은 이치일 것 같다. 책을 내면서 알량한 내 글 솜씨가 부끄럽기도 하였다. 어쩌랴, 실력이 그뿐이고 어차피 속내를 내보이기로 한 것을. 공식적으로 보내야 할 곳은 배부 계획서를 보내어 출판사에 일임하고, 나머지를 실어다 서재에 쌓아 놓으니 부피가 장난이 아니다. 글 읽기 좋은 가을날에 책이 나와서 다행이나, 이 많은 것들을 모두 보낼 생각을 하니, 마음의 부담이 글쓰기보다 더 어렵겠다는 걱정이 앞선다.

우선 생각나는 곳이 초등학교 중·고등학교 대학시절의 친구들이다. 이 친구들과의 인연 속에서 평생을 살아왔구나 생각하니 감회가 깊어진다. 그리고 의료계 선후배들, 직접 데리고 있던 직원들, 사회에서 사권 인사들, 현재 참여하고 있는 모임들, 집안 일가친척들이 대충 보낼 범위이다. 초등학교 친구들의 주소록을 쓰고 있을 때는 초등학생이 되고, 고등학교 주소록을 쓸 때는 고등학생이 된다. 첫날 150권쯤 부치고, 이삼일 준비하여 100여 권을 어제까지 우체국에 가서 부치니 부피도 많이 줄었고 마음도 조금 가벼워졌다. 오늘은 외국에 보내는 것과 빠진 곳 몇 군데를 우송하니 한결 마음이 가볍다.

배낭에 책을 담아 우체국에 가는 버스 안에서 전화를 받는다. "나 한○○이여, 알아보겠어? 우리 아주 친했었지." 젊은 시절, 일과 삶에 얽매어 연락도 못하고 지냈던, 옛날엔 가까웠던 친구와의 소통이 책을 통하여 이루어지는 것이다. 귀갓길에 생각을 정리해 보려고 골목 카페에 들어가 앉았다. 수필 내용 중에 어떤 인물에 대한 묘사가 어제부터 마음에 걸리던 참이었다. 우선 내 마음부터 활짝 열고 전화를 걸었다. "Y 소장, 심 아무개요, 오늘 우리 Y 소장한테 내 수필집을 부쳤소. 읽다가 눈에 거슬리는 일이 있더라도 그냥 웃어넘기시오." "아이 당연하지요. 잊지 않고 생각해 주시니 감사합니다." 글을 쓰는 중에 인물에 대한 서술을 신중하게 하고, 누구를 헐뜯거나 비난하는 일은 금물이라는 것을 금언처럼 새기고 있기에 항상 조심스럽다.

어제 오늘, 글을 잘 읽었다는 전화와 메시지들을 받았다. 더구나 모르는 분에게서 온 장문의 격려 글에 얼떨떨한 감정과 기쁨이 교차한다. 한 사람의 인생은 한 편의 이야기라는 말이 있다. 많은 이 들이 삶을 마감할 때, 자기의 이야기를 남기고 싶어 한다. 글을 쓰는 가까운 친구가 한 말이 생각난다. '수필을 쓰고 나면 죽어도 좋다는 느낌이 든다.'고. 아마도 유언을 남기는 비장한 각오로 솔직한 글을 쓴다는 뜻일 게다. 이 책들에 실려 있는 내 이야기를 나중에라도 자식들이나 친지, 친구들이 읽을 수 있을 것이라는 위안은 된다. 하지만 사람들은 남의 일에 거의 무관심한 현대(現代)를 살고 있다. 때문에 글쓰기는 외로운 수양(修養)이며, 자기만족인지도 모른다.

어제 계간 『문파』 총무 선생님과 통화를 했다. 책 출판에 대한 여러 가지 궁금한 것을 알려주어 무척 도움이 되었다. 그분의 마지막 조언을 생각한다. "책을 한 권 내고 나면 휴식기간에 빠지기 쉬운데 그게 길면 안 되지요." 아닌 게 아니라 이 쌓인 책들을 모두 배부하고 나면 후유, 하는 마음에 한동안 쉬고 싶어질 것 같다. 하지만 은퇴한 후 유일하게 찾은 이 취미생활을 오래 손 놓을 수는 없지 않은가. 그저 부담 없이 쓰고 또 써 볼 작정이다.

전화가 온다. 가라앉은 목소리의 저편은, 지난날 강남에서 큰 병원을 개원하던 후배 K 박사이다. 그 후 부도가 나서 고생한다는 소식을 들었다. "선배님, 저한테까지 어떻게 알고 귀한 책을 보내 주셨네요. 지금은 조그만 시골 동네에 와서 욕심 부리지 않고 작은 의원을 하고 있습니다. 건강하세요." 진심어린 인사말을 건네준다. 전문의 마치고 개원자리 물색할 때 경기도 D 시를 추천해 주었었다. 거기서 짧은 기간에 돈을 벌었고, 욕심이 동했는지 강남으로 옮겨왔었다. 지금은 행복이 재산의 많고 적음에 있지 않고, 내 마음 속에 달려있다는 철학을 말하고 있는 것 같았다.

책으로 내 인생을 노래하고, 이를 전하면서, 연락 못하고 지내던 친구나 선후배들과의 소통을 여는 것이다. 이것이 많은 이에게 마지막 인사가 될 것이란 생각이 든다. 낙엽이 지고 있는 이 가을날에 어울리는 이별 인사가 아닌가. 말없이 사라지는 것에 비하면 얼마나 예의바른 퇴장인가.

양지바른 둔치 길을 계속 걸으며, 이 나그네 걸어 온 길을 반추해 본다. 후회되는 길은 없었는지, 다시 한번 걸어보고 싶은 길은 어느 길인지.

3부
흐르는 강

삶은 '지금'이다

'지금'만이 과거와 미래에 얽힌 마음의 굴레를 벗어나, 그 너머로 우리를 데려갈 수 있다. 과거와 미래에 초점을 맞출수록 가장 소중한 '지금 여기'를 잃어버리게 된다. 우리가 '지금 있는 그대로'를 보지 못하도록 장벽을 치는 것이 과거와 미래이다. 어떤 일도 과거 속에서 일어나지는 않는다. 미래의 천국에 대한 믿음은 오늘의 지옥을 만들어 낼 수도 있다.

과거에 깊은 상처를 내게 남겨준 사람이 있었다. 오랜 세월을 원망하고 미워하고 분노하며 살아왔다. 어느 날 하느님 앞에 기도하는 중에, 그녀를 용서하면서 불쌍하다는 생각이 들었다. 등줄기에 진땀이 흐르면서 마음에 평화가 찾아왔다. 그때까지 과거 속에서 살아왔던 것이다. 이 경험으로, 용서는 상대방을 위한 것이 아니라 과거 속에서 헤매는 내 자신을 '지금'으로 구해내는 작업이란 사실을 알았다. 모든 문제는 마음이 만들어 내는 환상인 것이다. 과거 속에 묻혀 살면, 후회, 원망, 슬픔, 죄책감에 둘러싸여 살아가게 된다.

미래는 불안, 초조, 긴장, 걱정을 가져다준다. 미래에 대한 꿈이 있고 그 방향으로 노력하는 것은 바람직한 일이지만, 앞질러 노심초사하고, 걱정할 일은 아니다. 그런다 해서 달라지는 것은 아무것도 없기 때문이다. 언제나 삶의 중심은 오늘 '지금'에 두어야 한다. 미래에 대한 기다림은 현재를 잃어버리고 삶을 황폐하게 만든다. 미래에 '더 나은 세상'을 만들기 위해 공산화를 추진하는 과정에서 오천만 명이 넘는 사람들이 여러 나라에서 피살된 것으로 추정하고 있다.

'지금'의 상실은 존재의 상실이다. 우리 속담에 '생일날 잘 먹으려고 이레를 굶는다.'고 했고, 서양에는 '부자로 사는 것이, 부자로 죽는 것보다 낫다(To live rich is better than to die rich)'라는 말이 있다. 미래를 위하여 지금을 희생하는 어리석음을 빗댄 말이다. 주위에 구두쇠 노릇을 하며 비난받는 돈 많은 재산가들을 본다. 그들은 생을 마감할 때 아마도 살아온 인생을 후회하지 싶다.

긴급한 사태를 당하면 사느냐 죽느냐, 가 있을 뿐이다. 이 순간에, '살아있다'는 것에 대한 감사를 느낄 때 비로소 우리는 '지금'으로 돌아오게 된다. 수년 전, 내 건강에 적신호가 발견되었을 때 미래의 꿈을 모두 접었다. 보이는 것은 '지금' 뿐이었고, 숨을 쉬고 있다는 것에 감사할 따름이었다. '지금 여기'를 변화시킬 수 있는 방법이 아무것도 없었고, 이 상황에서 빠져나갈 수가 없었다. 모든 내부 저항을 가라앉히고 '지금 여기'를 받아들이고, 내맡기게 되었다.

'내맡김'이라 함은 '지금 여기'를 순순히 다 받아들이는 것이다. 이 속에는 위대한 힘이 있고, 내맡기는 사람만이 영적인 힘을 가질 수 있다고 한다. 이 상태에서는 과거에 대한 원망, 미래에 대한 걱정이 아무것도 남아있지 않다.

지금 이 순간을 살고 있다는 것에 감사할 따름이다. 부정적 감정은 인간 정신 속에 축적 되어온, 과거의 오염물질이다.

불행한 들꽃이나 스트레스 받은 떡갈나무를 본적이 있나, 자존심 상한 개구리를 만난 적이 있는가. 마음속에 쌓인 복잡한 생각들로 머리를 굴리고 있는 인간 외에는, 당면한 자연환경에 모두를 내맡기고, 아주 평화롭고 자연스럽게 '지금' 속에서 살아가고 있다. 날 밝으면 일하고 어두워지면 잠자는 할머니가 있었다. 꽃피는 봄과 낙엽 지는 가을이 반복되는 세월을 살면서, 자연의 질서에 따라 '지금'을 살아야 한다는 단순한 진리를 터득한 듯 할머니의 얼굴은 평화스러웠다. 세상살이란 신이 벌이는 신성한 게임인지도 모를 일이다.

– 참고문헌 : 『지금 이 순간을 살아라』 에크하르트 톨레, 노혜숙 외 역

병원 가는 날

오늘은 병원 가는 날이다. 언제나 아내가 운전을 해 준다. 노련한 운전 실력으로 수지 성복동에서 혜화동 S 대학 병원까지 가는 데 한 시간이면 도착한다. 숙련된 솜씨라 해도 팔 년째 계속되는 '병원 가는 날'이다 보니 고마운 생각과 안쓰러운 생각들이 뒤섞인다. 노년에는 병원 가까운 곳에 살아야 좋다는 말을 이제야 실감한다. 가는 곳이 암 병원이기에, 추적 검사를 통해서 그간의 경과를 알아보는 것이니 누구나 긴장하는 날이다. 가며오며 치료받으며, 나는 과연 자신의 길을 걸어왔는지, 많은 생각들이 오간다.

운전하고 가고 오는 길에 심심풀이 겸 치매를 예방할 목적으로, 뇌 운동 방법을 아내에게 하나 가르쳐 주었다. 이것은 우리 아파트 노인회 모임 때, 제일 연장자이신 R 영감이 하는 것을 보고 배운 것이다. 점심을 먹고 차를 타고 오는데 이 어른이 옆으로 지나는 차 번호판을 보시고, 치매 예방이라면서 계속 '짓고 땡'을 맞추고 계셨다. 이것을 배운 아내는 병원에 갈 때면 항상 "저-기 이삼오 장땡, 구군니 장땡." 하면서 계속 노름꾼처럼 장땡을 맞추는 것이다. 그녀도 적지 않은 나이가 되고 보니 치매 예방이 절실하구나, 생각하였다.

운전에 지장이 있을까 봐 이제 그만하라고 해도 계속한다. 장땡을 많이 맞춘 날은 자신 있게 진료실로 향한다. 많이 맞추려는 것이, '제발 오늘도 검사 결과가 무사히 넘어가기를.' 비는 그녀의 기도였다는 것을 나중에야 눈치챘다. 그 뒤부터는 나도 장땡을 맞추어 숫자를 보태주었다. 오늘도 가면서 장땡을 부지런히 맞췄지만, 다른 때와 달리 다섯 개밖에 맞추지 못하였다. 가라앉은 기분으로 진료실에 들었더니, 다시 재발하였다고 한다. 이것이 미신인가 계시인가. '인생의 진리는 우리가 생각하는 것과 영 다를 수 있다'고? 연약한 인간이 무엇으로 나의 제단을 세워야 하나.

조기 발견으로 팔 년 전에 A 병원에서 좌 폐부분 절제술을 받고, 그동안은 아무 후치료 없이 잘 지냈다. 사 년 만에 재발하여 몇 군데에 전이되었다. 이 때쯤에 신경 쓸 일이 있었는데, 이 스트레스가 나쁜 영향을 끼쳤는지도 모를 일이다. 말기암 환자가 되어 흉부외과에서 종양 내과로 전과가 되었고, 거기에서, 환자를 죽어가는 존재로 대하는, 혼자 잘난 의사를 만났다. 주저 없이 전원하였다. 옮겨온 S 대 병원에서 K 교수는 광범위한 지식과 경험으로, 말기암 환자에게 4년이 넘도록 건강한 삶을 살게 해주었다. 이번에 받은 여러 검사 결과는 또다시 전이되었다고 한다. 그렇다 해도, 그가 인도하는 대로 진료를 받으면, 무난히 이겨내리라는 생각이 든다. 설령 이겨내지 못한다 해도, K 교수를 따라가면 적어도 하느님이 내게 주신 천명은 다 누릴 수 있으리라는 믿음이 있어 마음이 편하다.

주사실 등의자에 편히 기대어 처방대로 항암 주사를 맞았다. 앞 침대에서 머리가 다 빠진 영감은, 주사를 다 맞고 나서 팔뚝 혈관을 누른 채 창문 너머 파란 하늘을 멍하니 바라보고 구부정하게 앉아있다. 아마도 머지않을 당신의 죽음과, 쉽지만은 않았던 살아온 길을 잠시 뒤돌아보는 창백한 모습이다. 모두 내려놓은 성자의 얼굴이다. 옆 의자에 누워 주사 맞고 있는 환자는 오십이 채 안 돼 보이는 중년이다. 보호자는 부인인 듯, 젊은 여인이 화장한 얼굴에 짧은 치마에, 다리에 착 달라붙은 팬티스타킹을 입고 있다. 저렇게 평소보다도 더 화사하게 차리고 나온 것은, 아마도 가라앉는 오늘 분위기를 붙들기 위한 몸부림일 것이다. 주사를 끝내고 사이좋게 걸어 나가는 그들의 뒷모습을 보면서, 그 병, 이겨 내고 천수를 누릴 수 있기를 빌었다.

암 병원에는 항상 환자들로 가득하다. 옛날에는 나이가 많아지면 무슨 병인지도 모르고 '노환'이란 이름으로 죽었는데, 이제는 의학의 발달로 죽지 않고 병원 인생으로 살아가고 있다. 젊은 환자가 머리 다 빠진 것을 볼 때에는, 가슴이 많이 아프다. 이 젊은이들의 인생이 한 번에 무너지는 소리를 듣고, 그 부모들은 놀라서 굳어졌을 것이다. 잠깐 살다가 죽어가는 것들에 관하여, 그리고 그것과 닮은 잃어버린 청춘에 대하여, 오늘도 시를 쓰지 않을 수 없다. 이것이 마지막 남은 내 자신에 이르는 길인지도 모른다.

노랫말과 명운

　　'말이 씨가 된다.'는 말이 있다. 젊어서 이 말을 들었을 때는 설마, 그럴 리가, 했었다. 세월이 지나며 돌아보니 그게 허투루 생긴 말이 아닌 것 같다. 삶의 운(運)이, 자기가 즐겨 부르는 십팔번 노래 가사를 따라가는 듯한 친구들이 있다. 이들을 보면 노랫말도 사람의 명운을 좌우할 수 있는 게 아닌가 싶다. 살아가면서 말(노랫말 포함)은 신중하게 해야 될 것이라는 생각이 든다.

　　"Put your sweet lips-" 짐 리브스의 'He'll have to go'란 노래를 18번으로 부르던 대학 동기 K 군이 있었다. 학생 시절에 그가 이 노래를 "-you have to go~" 하고 저음으로 부르면, 참 멋있게 들렸었다. 하지만 K 군은 전문의를 마치고 군의관으로 근무하던 삼십대 초반에, 약혼한 기쁨도 다 끝내지 못하고 하숙방에서 연탄가스 중독으로 별이 되었다. 작고 소식을 듣는 순간, 그가 부르던 노래 가사, '- 가야 된다고'가 자꾸 떠올랐다. 장례를 치른 후 가까운 친구들끼리 바로 비석을 준비해 세웠지만, 애석한 마음은 끝이 없었다.

고교 동기생 중에는 노래를 잘 부르는 C 사장이 있다. '옛 시인의 노래'를 그 부부는 즐겨 불렀다. '마른 나무 가지에서 떨어지는 작은 잎새 하나 - 우리들 사이엔 아무 것도 남은 게 없어요~.' 남은 게 아무 것도 없다는 말이 항상 귀에 걸렸다. 그는 잘나가던 사업이 자꾸 부도를 맞는 것이다. 그가 부도를 크게 당했다고 들었을 때, 조심스럽게 봉투를 건넨 적이 있었다. "괜찮아. 나 아직 안 죽었어." 하며 받지 않았다. 그가 포기하고 절망하는 것이 아니기에, 불행 중 다행이라 생각하고 다시 일어서기를 빌었다. 이런 일들이 우연의 일치일까? 알 수는 없으나 반복해서 부르는 노래 가사(말)가 영적인 세계에서 모종의 작용을 하는 것은 아닐까.

내게는 18번 같은 노래가, 젊을 때는 '친구여'(조용필), '사랑이여'(유심초) 같은 노래를 그때그때 불러댔다. 그래서인지 꿈이 된 친구도 있고, 타버린 사랑도 많았다. 가사뿐 아니라 우리가 하는 말도 조심하라는 말씀들이 많다. 말은 가능한 적게 하라고 법정 스님은 말하였다. 말을 해놓고 후회하는 일은 있어도 하지 않아서 후회하는 일은 별로 없다는 것이다. '언어는 존재의 집이다.'(하이데거, 독일의 실존철학자.)라는 말처럼, 말은 그 사람의 모습을 그려낸다. 그의 심오한 철학은 감히 잘 모르지만, 우리가 사용하는 언어는 신중하게 사용할 일이다.

'생각이 팔자'라는 말도 있다. 말은 생각에서 나오니, 말이 팔자가 되지는 않을까. 높은 관직에 있던 친구를 몇 사람 알고 있다. 이들은 귀에 거슬리는 말이나 모난 말을 하지 않는다. 항상 부드럽고 따뜻한 말로 사람들을 대한다. 그들을 보면, 아마도 천부적으로 사람을 따뜻하게 대하는 유전자를 타고 난 것 같다. 반면에 말을 항상 싸늘하게 함으로, 화합(人和)을 중요시하는 사회생활에서 빛을 보지 못하고 고생하는 사람도 있다.

사람의 명운을 좌우할 수 있는 말은, 결국 마음을 대변하는 것이기에 인성(人性)에서 나온다고 생각한다. 언제나 역지사지(易地思之)하는 마음의 훈련을 하여, 남을 따뜻하게 배려하는 인성을 길러야 복 받는 팔자가 열릴 것 같다. 노랫말도 자꾸 반복하면서 마음밭에 영향을 미친다고 여겨지기에, 잘 골라서 부르는 것이 좋지 않을까 싶다. 추석이 지나고 이제 제법 싸늘하다. 발갛게 물들기 시작하는 잎새들을 스쳐오는 가을바람이, 친구들 생각을 몰아다 준다. 공원 벤치에서 궁상 떨고 있는 이 나그네의 외로움을 눈치 챘나 보다.

길을 걷는 나그네

입춘이 지난 계절이다. 불어오는 바람은 아직도 싸늘한데 햇살은 제법 다스하게 보도블록을 쓰다듬는다. 어제까지도 북풍한설에 혹한이 계속되었는데 오늘은 조금 풀린 날씨이다. 한겨울 지나면서 둔치 길을 내려다보면 아무도 없는 빈 길이었다. 오랜만에 나와 보니 동면에서 깨어난 듯 걷는 사람들이 꽤 있다. 그들 속에 천천히 걸으면서 생각에 잠긴다.

걷는 사람들은 성실(誠實)하게 보인다. 자신의 건강을 지키기 위하여 저렇게 규칙적으로 걷는 사람들은, 틀림없이 건전한 정신과 모범적인 일상(日常)을 살고 있을 것이라 짐작된다. 정돈되지 않은 생활을 하는 사람은 자기 건강을 위하여 규칙적으로 걷기 운동을 할 마음의 여유가 없을 것이다. 천천히 걸으면서 길에게 물어보면, 웬만한 고민은 잘 정리해 준다는 사실을 걷는 사람들은 알고 있다. 등이 굽고 머리가 하얀 할배가 중풍을 앓은 듯 절룩거리는 할머니의 한쪽 팔을 부축하고 천천히 걸어가는 모습은 한 폭의 아름다운 그림이다.

걷는 사람들은 건강하다. 사람이 살아가면서 자유롭게 움직일 수 있다는

105

것은 건강의 필요충분조건이다. 치료받고 있는 다른 질병이 있다 해도 자유롭게 움직일 수 있다면 아직은 건강한 것이다. '누우면 죽고 걸으면 산다.'고 노인 건강 유지법이라는 카톡이 친구들로부터 가끔 날아온다. 기운이 가라앉을 때 한 바퀴 걷고 나면, 생기가 나는 경험을 요즘 많이 하는 중이다. 기동이 불편하여 간병인이 옆에 붙어 있어야 한다면, 본인이나 가족이 얼마나 불편하겠는가. 긴 병에 효자 없다고 결국 요양원에 보내지기 쉽다. 사람들은 자기가 살던 익숙한 곳에서 마지막 숨을 거두고 싶어 한다. 생소한 요양원 환경에서 생을 마감하고 싶어 하지 않는다. 노인들이 요양원에 가기 싫어하는 이유이다.

걷는 사람들은 행복하다. 아직 덜 녹은 눈길 사이로 미끄러지지 않으려고 조심스럽게 걸으면서, 작년에도 이렇게 조심조심 걸었던 기억이 떠오른다. 내년에도 이렇게 걸을 수 있을까─, 생각해 본다. 귓가에 부서지는 시냇물 소리, 까치소리와 함께 눈 속에서 오는 봄의 속삭임을 들으려면, 그때까지 살아 있어야 하고 이 냇가 길을 걸을 수 있어야 한다. 인생에서 내일을 보장받은 사람은 아무도 없다. 오늘도 내일도, 걷고 있는 사람은 살아있는 행복한 사람이다.

우리는 걷고 또 걸어서 어디로 가는가? 인생도 결국 세월을 걷는 것이 아닌가. 누구나 평탄하고 아름다운 길을 걷고 싶어 하지만, 살다 보면 빙판길도 걷게 되고 비바람 치는 길도 걸어야 되지 않았던가. 양지바른 둔치 길을 계속 걸으며, 이 나그네 걸어 온 길을 반추해 본다. 후회되는 길은 없었는지, 다시 한번 걸어보고 싶은 길은 어느 길인지.

21세기 우리 사회

　　우리가 가난했던 육칠십 년 대에는 인정이 넘치던 시대였다. 이때는 이웃사촌이라 하며 형제처럼 지냈다. 일도 서로 사심 없이 돕고 협력하여 해내는 분위기였다. 현대 사회로 넘어오면서 인정이 메말라지고 서로 경쟁하는 구조로 바뀌면서, 우리의 생활에 여러 갈등 요인이 복잡하게 얽혀졌다. 남과 비교하면서 만족할 줄 모르는 삶이 되었고 시기와 질투는 사라지지 않는 괴물이 되었다.

　　시기심이란 열등한 자가 우수한 자에게 품는 증오이다. 상대와의 차이를 깨닫게 되면서 시작된다. 직장 내에서도 사람들은 누구를 올려다보면서 그 사람처럼 되고 싶어 하지만 될 수 없을 경우, 그 사람을 헐뜯고 깎아내리려 한다. 시기는 경쟁심에서 온다. 이러한 시기심은 때로 질투로 변한다. 상대방의 수준까지 올라갈 수 없다면 상대방을 끌어내릴 수밖에 없다. 누가 질투를 품었다는 증거는, 상대를 결코 칭찬하지 않고 비꼬는 말투를 연발하거나, 시비를 거는 것으로 나타난다.

　　지난날 조카네 사위는 건설 회사에 취직이 되었다. 하지만 2년쯤 다니다가 그만두었다. 일한 성과를 직장 내에서 선임들이 시기하여 계속 채간다는 것이다. 내 친구인 사장이 불러서 물어도, 내성적이라 그런 사실을 말하지 않는다고 했다. 결국 퇴직을 했고, 그 후에 준 공무원 조직에 취직이 되었다. 여기는 법적으로 정년이 보장된 곳이기에, 직장 내 경쟁이 그렇게 심하지 않은 곳이다. 지금도 자기 일 하면서 잘 지내고 있다.

우리 사회의 정치가나 공무원이 '못 한다'고 말하는 대부분 이유는 돈 때문인 경우가 많다. 돈을 받는 순간 아무리 보아도 불가능했던 일이 아주 쉽게 풀린다. 이들은 또 자신의 힘을 과시하고 싶어 한다. 지방 자치를 하면서 시장이나 공무원들이 건설업자 등에게서 돈을 받고 구속되는 일이 꽤 있지 않은가. 오래전에 잘 알고 지내던 경찰 간부가 운전면허 시험장 책임자로 발령받은 후, "면허증 하나 갖다 드릴까요?" 했던 것은 힘을 과시하고 싶었던 것이지 싶다.

높은 자리에는 왜 무능한 사람이 앉아 있는가. 그 무능함이 모든 사람을 안심시키기 때문이다. 원래 사람들은 게으르고 보수적이다. 자신이 속한 집단의 다수 생각에 따르려 하고, 거기서 벗어나기를 거부한다. 이들 중에서 자신의 방식으로 주류에 대항하면서 생기 있고 창조적으로 혁신하려는 사람이 있다면, 예외 없이 가혹한 비판을 받게 된다. 사람들은 혁신적인 발견을 인정하려 들지 않는다. 생텍쥐페리는 "다수의 판단을 경멸하라. 그것은 창조적인 판단과 성장을 방해한다."고 일찍이 말하지 않았나. 결국 모든 일은 시간이 지나야 정당한 평가가 내려진다.

한 집단 내의 다수가 머리 회전을 멈추고 비이성적인 행위를 일삼는 상황은, 그 직장 자체도, 일도 한물간 것이다. 일도 변변치 못할 뿐 아니라, 종업원도 능력이 아닌 연줄로 뽑아 쓴다. 비겁자들은 자신과 관계없는 일에는 침묵하거나 무기력한 것처럼 행동한다. 비겁자들의 가장 뚜렷한 특징은 남을 위험에 빠지게 한다는 것이다. 돕거나 지켜주는 대신 희생양으로 삼든가 남에게 자기 허물을 덮어씌운다. 우리나라 각종 직장에 자리 잡은 노동조합들의 사정이 이렇지 않을까 걱정스럽다. 내가 당나귀를 타고 가다가 길을 잃었을 경우, 길을 잃은 것이 당나귀인가 나인가? 앞날을 깊이 헤아려 보는 지혜가 이들에게 하루속히 주어지기를 빌고 있다.

우리 사회는 대입경쟁, 취업경쟁이 교육경쟁을 불러왔다. 21세기로 넘어오면서 주입식 교육과 가족 이기주의가 남을 믿지 못하는 사회를 만들었고, 집단 창의성을 고갈시키는 결과를 가져왔다.(한국의 대인 신뢰도는 27%. OECD 국가 중 최하위에 속함.) 이를 개선하는 방법으로는, 수업 방식을 일방적 지식 전달 방식에서 협동적으로 문제를 해결하는 수평적 교육으로 바꾸는 교육제도의 혁명이 필요하다. 협력을 기르고 남을 배려하는 교육이, 사회성을 높이고 개인 행복도 높은 인재를 만들고, 국가 경쟁력도 높인다.

인류는 역사적으로 끊임없이 약탈자나 정복자에게 굴복해 왔다. 어느 시대나 올바르게 살기는 어려운 법이다. 반 고흐(1853~1890)가 마지막 남긴 말이 "~인생의 고통이란 살아있는 그 자체이다."였다 하니, 인생을 비극으로 보고 삶을 어둠으로 본 것 같다. 하지만 어둠은 항상 빛을 동반하게 되어 있다. 사람들은 부패하는 냄새를 자유라 부르고 정의로 알고 있지만, 문명은 질서와 조화 속에서 싹트는 것이다. 악은 잠시요 선은 영원하다.

－ 참고문헌 : 『실패한 사람들은 말의 8할이 부정이다』, 프란체스코 알베로니, 정선희 옮김. 『나를 찾아 떠나는 여행』, 생텍쥐페리, 이상각 엮음. 김희상, 광주 과학기술원 교수.

돈에 대하여

　　세상살이에 돈이란 필요 불가결의 존재인 것으로 보인다. 삶에 필요한 식의주가 모두 이것으로 해결될 수 있기에, 사람들은 이것을 벌기 위하여 일하며 살아야 한다. 육체노동이건 정신노동이건 일을 하면, 이것으로 보수를 받게 된다. 어렸을 적에는 모두가 가난하였기에 이것이 없어 고생한 기억들을 많이 가지고 있을 것이다. 이다음에 이것을 벌어야겠다고 생각하면서 살아왔다. 사회에 나와 이것을 벌고, 쓰면서 이 녀석을 어떻게 다뤄야 하는지도 조금씩 알게 되었다.

　　의사는 잘 번다고 생각하는 이들이 많지만, 돈을 버는 직업은 아니다. 가난하고 아픈 환자들을 위하여 봉사하는 직업이다. 종합병원 봉직을 떠나 개원을 하면서도 목표를 세우고 돈을 모아본 적은 없다. 쓰고 남으면 저축하는 계획성 없는 살림을 꾸려왔다. 하지만 습관적으로 근검절약하는 생활이었고 밤낮없이 일하다 보니, 다행히 궁핍한 생활을 하지는 않았다. 한 가지, 술 마시는 데는 아까운 줄 모르고 지출하였다. 술을 두주불사로 마시면서, 돈보다 더 값진 인생 경험들을 하였기에 지금도 후회되지는 않는다.

젊을 때 고교 동기회 일을 한동안 맡아본 일이 있었는데, 이때 많은 동기생들과 가까이 지냈다. 한 친구에게 돈을 빌려 주었고, 약속한 날이 지나도 갚지를 않았다. 카페에서 만나 그 친구에게 화를 내고 나오는데, 옆에서 듣고 있던 친구 K가 내게 조용히 말했다. "그것은 자네가 잘못한 것이여. 가난한 친구에게 돈을 빌려주고 그렇게 무안을 주는 게 아니여." 그 말을 듣는 순간 뒤통수를 얻어맞은 것처럼 정신이 빙 돌았다. 그렇구나! 크게 후회하고 반성하였다. 쩐보다 훨씬 중요한 것이 사람이다.

누구의 말을 듣거나 책을 보았을 때 '이것이구나.' 싶으면, 그 내용을 곱씹어 내 생활 철학으로 삼는 버릇이 있다. '친구가 돈을 빌려 달라 할 때는, 빌려주고 받아야지 하고 기억할 만큼의 돈은 주지 마라. 돌려주면 다행이고 안 줘도 잊어버릴 수 있는 범위에서, 도와준다는 심정으로 주라.'는 말을 들었다. 삼십대 후반에 사회친구 그룹이 있었는데, 그중에 P 관광 L 사장이 있었다. 평소에 친구들을 위하여 헌신적으로 움직이던 인사였다. 어쩔 수 없이 선박회사를 하나 인수하게 됨으로, 잘나가던 관광회사가 부도나기 직전이었다. 거액을 빌려 달라기에 돈에 대한 이 기준을 떠올리며, 그 일부에 해당되는 액수만 주었다. 회사 정리하면서 돈도 받고 친구도 잃지 않을 수 있었다.

미국 IT 업계의 거물, 스티브 잡스가 생의 끝자락에서 비로소 알게 된 것들이란 어록이 유명하다. '죽음 앞에서 부와 명예 따위는 아무 의미가 없다. 인생에서 삶을 유지할 만큼의 재물을 쌓은 후에는, 사랑과 우정을 위하여 그리고 문학이나 예술, 젊었을 때의 꿈을 향하여 살라.'는 말이다. 하고 싶은 것을 자유롭게 하지 못하고 끝없이 명성과 재산을 열망했던 것을 후회했다. 돈보다 더 중요한 것이 있다는 것이다. 이 어록은 참고는 될 것이다. 하지만 마음

먹고 돈을 벌어 보려 해도 그게 어디 마음대로 되는 것인가. 사람이 돈을 따라가면 도망가 버린다는 말도 있다.

돈은 벌기도 힘들지만 쓰기도 힘들고, 잘 유지하기는 더 어렵다고 한다. 우리나라가 가난을 떨쳐내던 개척시대를 살아온 노, 장년층은 돈을 많이 벌었다. 이들 중 많은 사람들이 자녀들의 뒷바라지에 끝없이 몰입하다가, 은퇴 후에 경제적으로 고생하는 것이다. 백세시대를 구가하는 장수사회에서 생활비와 신병에 따른 의료비 지출이 막막한 상태이다. 도움을 받았으면, 부모의 노년을 봉양하던 그 시절의 유교사상은 세월 속에 가버렸다. 그뿐 아니라 부모가 너무 오래 살아서 우리 몫이 적어진다는 생각들을 많이 한다니, 어디에 호소할 것인가. '나만 아는' 가정교육이 낳은 슬픈 현실은 아닌가. 옛날에 공중목욕탕에서 물을 함부로 사방에 뿌리던 소년에게 주의 주었더니, "왜 남의 아들 기죽이느냐."고 항의하던 그 아비가 생각난다.

주위에서 망하는 사람들을 보면 대개 능력에 넘치게 욕심을 부리는 데서 온다. 며칠 전에 우연히 본 운수에서, 말년에 생각을 잘못하여 궁핍하게 고생할 운이라 한다. 은근히 겁이 나고 조심스럽다. 분에 넘치는 욕심을 모두 버리겠다고 다짐하고 있다. 전해온 가풍(家風)이 성실 정직 근검절약이니, 낭비하지 말고 검소하게 살면 되지 않을까 싶다. 친구들에게서 전해 오는 카톡을 보니, 늙으면 말년까지 꼭 붙잡고 있어야할 세 가지는 건강, 마누라, 돈이라는 것이다. 건강은 의사에게 맡기고, 마누라와 돈은 꼭 잡고 있어야 겠다.

개봉 수일 만에 500만 관객을 돌파하였다는 뉴스를 보고 아내가 표를 예매해 왔다. 글을 쓸 거리가 없다 하니 이 영화를 보고 생각해 보라고 한다. '신과 함께'라는 제목에, 깊은 인생철학이 담겨 있을 것이라는 암시를 받으며 자리를 찾아 앉았다. 영화는, 사람이 사후 49일간에 걸쳐 일곱 번의 지옥 심판을 받고 통과하면 다시 사람으로 환생한다는 이야기이다. 과연 사후 세계(來世)는 있는 것인가.

영화의 줄거리(plot)를 불교적인 안목으로 풀어간다. 시작하면서 소방관 김자홍(차태현 역)은 화재 현장에서 어린이를 구조하고 죽는다. 사후에 그는 여러 지옥심판을 거치면서 영화는 계속된다. 그가 두 번째 지옥심판을 무난히 통과하면서, "환생하고 싶지 않습니다."라고 울부짖는다. 불교에서는 삶을 고해(苦海)로 보고 윤회도 고통으로 보기에 외치는 소리가 아닌가 싶다. 이승에 살면서 불교의 궁극적인 실천 목표인 해탈의 경지에 이르면, 윤회를 벗어나 영원히 극락세계로 들어간다는 것이다.

영화의 후반부에서 큰아들이 어려운 환경을 비관하여 농아인 엄마를 눌러 죽이려고 할 때, 상황을 알면서도 눈물을 흘리며 모른 체 눈감고 가만히 누워있던 엄마. '모든 것이 이 엄마의 잘못이다.'라고 끌어안는 어머니의 무한한 모정에 눈시울이 붉어진다. 자식 앞에 서슴없이 자기희생을 받아들이는 어머니의 모습이다. 선의로 저지르는 잘못은, 상대방이 용서할 때 면죄된다는 의미를 비친다.

귀가하여 컴퓨터 앞에 앉았다. 사후에 영혼이 있는 것인가. 예일대 셸리 케이건 교수는 '죽음 이후 영혼은 존재하지 않는다.'라고 단언한다. 종교에서 말하는 사후 세계나 영혼은 없다는 얘기다. 인간의 삶은 죽으면 끝이기 때문에, 짧은 생을 살면서 어떻게 살아야 의미 있는 것일까, 끊임없이 고민해 보라 한다. 그는 삶의 궁극적인 목적을 세 가지로 정리했다. 자기 자신을 잘 돌보고 행복하게 살도록 노력할 것. 풍부하고 값진 경험을 할 것. 끝으로 다른 이들의 삶을 윤택하게 할 것, 이라 했다.

반면에 던컨 맥두걸 박사(1907년)는 영혼의 무게에 대한 실험을 했다. 사람이 죽을 때 체중이 21g 줄어든다는 것이다. 이 실험 결과에, 21g은 극히 적은 양이며 오차에 의한 것이라는 반박도 있었다. 하지만 100년이 지난 2007년 스웨덴의 룬데 박사팀이 임종 시 일어나는 체중 변동이 21.26g이었다고 다시 발표하였다.

영화의 마지막 장면에서 염라대왕(이정재 역)은 "이승에서 이미 용서받은 죄는 이 법정에서 다시 심판하지 않는다."라고 큰소리로 공표한다. 살아생전에 착하게 살아라, 그러면 저승에서 다시 심판받을 걱정이 없다고 강조하고 있는 것이다. 불교(종교)에서 사후세계를 말하는 것은 이승에서 탐욕과 성냄을 벗어나 죄짓지 말고 착하게 살라는 뜻이 아닐까. 영혼이 존재하지 않는다고 주장하는 학자들도 한 번 사는 짧은 인생을 정도(正道)로 살라한다. 양측 모두 삶의 지표는 선(善)을 찾는, 같은 방향을 가리키고 있다.

인간의 사후 세계가 있는지, 영혼이 있는지에 대한 결론은 없다. 곰곰이 생각해 본다. 사후 세계의 유무는 자기 자신의 마음속에 있는 것이 아닐까? 우리 인간이 원래 연약하고 불완전한 존재이기에, 의지할 절대자가 필요했던 것은 아닐까. 자신을 돌아보게 된다. 사물도 인물도 있는 그대로 받아들이고 성냄도 욕심도 멀리 보내니, 삶에 아무런 걸림이 없다. 무식하여 종교에서 말하는 '원죄'를 알지 못하니, 사후 세계에 대한 미련도 갖지 않는다. 갈망하는 천당도 없고, 겁나는 지옥도 없다. 자연이 이끄는 대로 조용히 오늘을 살아가고 있을 뿐이다.

즐거운 인생

하루하루가 즐거운 인생이다. 어제는 일 년에 한 번씩 만나는 초등학교 동기생 모임에 다녀왔다. 각자 얼굴에 세월의 흔적을 그리고 나온 죽마고우들의 만남은, 지난날을 상기시키며 따뜻하고 반가웠다. 철없이 뛰어놀던 그 시절에는 아무런 걱정, 욕심 같은 감정 없이 친구라면 그냥 좋던 시절이었다. 중·고 대학을 거치고 사회생활을 하면서 욕심도 생기고 걱정거리도 많아, 힘겨운 인생길을 걸어온 것이다. 이제 팔십을 바라보는 나이에 마음을 비우니 인생이 즐겁고 행복하다.

욕심은 분에 넘치는 야망을 말한다. 야망은 젊은 시절에는 자신의 삶의 목표를 세우는 일이고, 이 길을 향하여 부지런히 뛰어야 하는 길이다. 중·고 시절에 반 농군 생활을 하면서도 실패한 삶을 살지 않은 것은, 가슴에 항상 야망을 간직하고 살아왔기 때문일 것이다. 하지만 터무니없는 야망은 욕심이고, 이것을 적당한 선에서 내려놓아야 한다는 것을 살면서 알게 되었다. 돈도 무리하게 욕심을 내면 도망가 버리고, 명예도 억지로 쫓으면 결국 망신을 당하게 된다는 자연 순리도 터득하였다.

걱정도 살아가면서 하지 않을 수 없다. 하지만 이것을 순리대로 풀어나가면 되는 것이지, 잠 못 자면서 한숨 쉬고 걱정한다고 해결되는 것이 아니다. '모든 것은 지나가리라.'고 했던 솔로몬의 지혜가 말해주지 않았나. 지난날 의료 사고가 있을 때 노심초사 잠 못 들고 걱정한다고 결과가 달라지는 것은 없었다. 차라리 현명한 사후 해결책을 마련하여, 환자 측에 솔직하게 설명해 주는 길이 최선의 방법이었다. 이때 그 의사의 제안을 더 신뢰하게 된다는 진리도 깨달았다.

질투란 것도 인생을 불행하게 만드는 요물이다. 이것은 항상 남과 비교하는 데서 온다. 둘러앉은 옛 친구들을 보니 공부를 뛰어나게 하지 못했어도, 남보다 더 많은 돈을 벌지 못했어도, 자신의 길을 묵묵히 걸어온 얼굴들이 평화스럽고 넉넉하다. "선산 입구 첫 집이 우리 집이여, 내려올 때는 한번 들려." 순박한 친구의 말이다. 행복을 주는 고향 친구들이다.

살아간다는 것과 죽어간다는 것은 같은 말이 아닌가? 인생을 긍정적 사고방식으로 봐야, 살아가는 것이 될 것이고, 부정적인 시각으로 보면 인생은 죽어가고 있는 것이다. 불행한 사람은 잃은 것을 세고, 행복한 사람은 얻은 것만 센다는 말이 있다. 사물을 내 기준과 고집의 틀 안에서만 보지 말고 역지사지(易地思之)의 입장에서 생각해 보면 상대에게 이해와 아량을 베풀 마음의 여유가 생긴다.

모든 것은 마음먹기에 달려있다고 한다. 이 나이에 욕심, 질투, 걱정 같은 불편한 것들의 실체를 파악하고, 극복하는 길을 알고 나니 마음이 편안하다. 이런 불편한 것들이 삶에 스트레스를 주어 인생이 불행해지고, 힘들게 된다. 정신의학에서 스트레스의 대가로 꼽히는 한스 셀리 박사(Austrian-

Canadian)는 스트레스를 해소할 수 있는 방법을 묻는 질문에, 감사하며 살라(Appreciaton)고 말했다 한다. 감사하는 마음속에는 미움, 시기, 질투가 들어갈 틈이 없을 것이다. 감사하는 마음을 갖는 순간, 행복 호르몬이라는 '세로토닌'이 마구 쏟아진다고 들었다.

파란만장한 삶을 살아온 젊은 시절을 돌아보는 지금, 파란 하늘에 유유히 흘러가는 뭉게구름에 아름다운 추억도 섞어 보고, 길가 풀꽃들의 정다운 속삭임도 엿들어 본다. 맑은 시냇물 소리에 속세의 근심걱정도 모두 흘려보내려 한다. 2년 반 전에 재발한 폐가 언제 초대장을 불쑥 내밀지 몰라도, 어제 만났던, 티 없는 친구들과 함께 숨을 쉬고, 살아있다는 것만으로도 즐겁고 행복한 인생이다.

한평생 살면서 시간을 어떻게 쓰느냐에 따라 성공과 실패가 결정된다고 생각한다. 살면서 시간이란 나이에 따라 그 모습이 달리 다가온다는 것을 알았다. 오늘은 서울로 문화 교실에 가는 날이라고 아내는 서둘러 아침 식사를 차린다. 이제 일어나서 세수하고 식사를 하면, 설거지와 그 뒤치다꺼리를 한 후 출발해야 되니, 시간에 늦을 것이다. 그냥 차려놓고 가라, 하는 것이 그녀에게는 더 홀가분할 것이다. 그녀가 출발한 후 늦잠을 즐길 생각으로 한잠 늘어지게 자고 나니, 창밖에서 햇님이 웃고 있다. '너무 게으르지 않나.' 하고 빈정대는 웃음이다. 맛있는 기지개를 켜며 시계를 보니 11시를 넘기고 있다. 시간을 쪼개어 쓰던 젊은 날을 회상해 본다.

젊은 시절에 시간은 돈이었다. 일하는 시간이 돈으로 돌아오기 때문이다. 근무 시간이 끝난 후 저녁 시간에, 개인 의원에 가서 수술을 몇 번만 해주면 봉급보다 더 많은 수입이 들어왔다. 학생 시절 해부학의 S 교수는 강의 시작할 때 '성적은 돈이다.'라고 가끔 힘주어 말하였다. 아는 것이 많아야 돈이 보인다는 것이다. 의사가 된 후 그 말이 맞는다는 것을 알았다. 예를 들면 X-Ray

를 찍어 필름을 볼 때, 병이 보여야 치료를 하고, 치료해야 돈이 되지 않는가. 안 보이면 그냥 보내게 되니, 오진도 하고 돈도 못 버는 것이다. 성적을 올리려면 많은 시간을 공부에 쏟아 부어야 하니 시간은 바로 돈이 아닌가.

나이가 들면서 일하는 시간을 체력에 맞게 조절해야 했다. 야간에도 진료하던 것을 줄였고, 모임도 하룻저녁에 한 가지 약속만 하도록 했다. 둘 이상 모임을 한 날은 과음하게 되고, 몸도 과로가 겹치게 되는 경험을 하고 난 후였다. 매일 계속되는 바쁜 생활을 하면서, 시간에 쫓기지 않는 자유로운 삶을 살아보고 싶었다. 한평생 살면서 일에 얽매이지 않는 취미생활을, 몇 년은 해보고 가야 후회가 없을 것 같았다. 수년 전 폐 수술을 받은 후 지금은 늦잠을 자도 되는 생활을 하고 있으니, 건강에 신호를 받은 것이 어떤 때는 다행이란 생각도 든다.

은퇴한 사람에게 시간은 어머니 같은 것이다. 주고주고 끝도 없이 준다. 건강만 잘 유지하면 시간은 얼마든지 주어진다. 자연환경을 따라 여기 버들치마을에 이사 와서 살고 있다. 이사 온 지 얼마 되지 않아 냇가 길을 걷다가 이 동네에 유명한, 수령이 높은 느티나무 밑에 앉아 쉬고 있을 때였다. 내 또래의 한 노인이 다가와 옆에 앉으며 말했다. 자기도 얼마 전에 이사 왔다고. 소일거리가 없어 시간 보낼 일이 큰일이라고 땅이 꺼지게 걱정하고 있었다. 그 모습이 마치 빈 겨울 들판에서, 눈 맞으며 서있는 허수아비처럼 외롭게 각인되어 잊히지 않는다.

늙어서 시간 보낼 일이 있다는 것은 행복한 일이다. 할 일이 없이 기다리는 시간은 세상에서 제일 길고 지루한 시간이다. 요즘은 평균 수명이 늘어남에 따라 은퇴 후에도 한참을 살아야 할 제 2 인생이 있다. 이 귀중한 시간을 어떻게 보낼까 생각하다가 이사 온 초기 2년은 동 센터에서 운영하는 문화 교실에 다녔다. 그후 수소문하여 백화점 문화센터에서 문학 강의를 듣고 있다. 하고 싶은 일을 하면서 욕심 없이 늙어가는 시간들은, 슬프게 맞게 될 마지막 순간을 후회 없이 갈 수 있도록 안내해 주리라.

문득 시간은 모든 것을 해결해 주는 해결사 같은 것이라 생각된다. 풀리지 않는 걱정거리도 말없이 흐르는 시간이 해결해 준다. 인생의 정답도 흘러가는 시간 속에서 안개가 걷히며 모습을 드러낸다. 시간은 세월을 낳고 세월은 추억을 만든다. 모든 추억이 아름답게 남는 것은, 시간이 지난날의 기억들을 자신에게 편안한 방향으로 정리하여 추억으로 남겨주기 때문이다.

대학 동기 송년회가 며칠 전에 있었다. M 교수는 '일 년을 잘 살고 또 돌아오는 일 년을 잘 살아 보자는 생각으로 살고 있다.'고 말했다. 여기에 '소생은 오늘이 있음에 감사하고, 오늘 하루를 잘 살아내자는 생각으로 산다.'고, 지나온 인생을 돌아보며 말을 하니 "시인이라 철학적이네."란 말이 나오고 박수 소리가 들린다. 송년회와 함께 또 한 해가 가고 있다.

아름다운 소하천

　　처음 내 이름으로 출간된 책을 배부하고 수일이 지났다. 여러 곳에서 격려 전화도 받고 화분과 축전도 받았다. 반응이 어떨까 궁금하던 차에 조금은 안심이 되었다. 이때, 선배 문인인 친구한테서 전화가 왔다. 돌아오는 찬사에 너무 고무되어 만족하지 말고, 더 열심히 정진하라는 충고를 보내주었다. 요로(要路)에 책도 보내고 출판 기념회도 정식으로 하기를 권하던 친구였다. 아마도 문단의 한 인물로 빨리 크기를 바라는 심정에서일 것이다.

　　문인으로 이름을 얻기 위해서는 기성 문인들을 찾아다니고, 아부하지 않으면 안 된다는 말을 들은 적이 있다. 앞으로 어떤 자세로 글을 쓸 것인가. 유명해지려고 애써볼 것인가? 마음을 정리해 보려고 둔치 길로 나섰다. 이럴 때는 천천히 걸으며 사색에 잠기는 습관이 있다. 전화를 걸어준 친구는 글 쓴지도 오래고 상도 많이 받아, 우리나라 기성작가로 우뚝 선 존재이다. 이것은 단기간에 이룰 수 있는 업적이 아니다. 세상에 모든 일은 연륜이 필요할 것이다. 고교, 대학동기들로부터 출판기념회를 제대로 하자고 제안받

122

았으나 모두 사양하였다. 글들이 부끄러웠고 만족한 수준에 이르지 못하였기에, 인위적으로 선전하고 싶지 않았기 때문이다.

둔치 길을 걷다 보니, 광교산이 풀어내는 맑은 냇물이 소리 내어 흐르고 오리 떼 몇 마리 노니는 모습이 평화롭기 그지없다. 생각에 잠겨 걷는 길가에, '아름다운 소하천'이라는 표지석이 보인다. 바로 이것이다! 큰 강은 유명하고 스케일이 크지만, 그 이름값을 하기 위하여 크게 흘러야 하는 아픔이 있을 것이다. 자유스럽게 졸졸 흐르는 작은 시냇물이 아름답다. 나도 조용히 노래하는 작은 냇물로 흐르리라. 무엇이 되어 보려고 선전하고, 미사여구로 아름답게 꾸미려 애쓰지 말고, 자연스러운 표현들로 편안하고 나지막하게 내 영혼을 노래하리라. '성공이 행복의 열쇠가 아니라, 행복(幸福)이 성공의 열쇠라고. 자기 일을 진심으로 사랑하는 사람은 이미 성공한 사람이라.'고 하지 않았던가(슈바이처).

반백의 부부가 도란도란 손을 꼭 잡고 둔치 길을 걷는다. 등이 굽은 노인은 친구 노인과 나란히 걸으며 이야기가 계속이다. 유치원생인 듯한 사내아이가 흰 강아지를 끌며 힘겹게 씨름을 한다. 옆에서 갓난아기를 안고 있는 엄마가 말한다. "아이 이제 끌고 나오지 말아야겠네." 문득 애기 엄마가 딸 같은 친근감이 든다. "운동은 어떻게 시키려고?" 웃으며 한 마디 했다. "저것 보세요, 저 애도 무섭다고 막 뛰어 도망가잖아요." 초등학교 2학년쯤 되어 보이는 여자 어린이가 앞으로 달음박질을 친다. 서로 배려하는 마음이 아름답다.

옛날 고향에서도 가을이 되면 개울물은 한층 깨끗해졌다. 맑은 시냇물이 흐르고, 파란 하늘엔 하얀 뭉게구름이 한가롭게 떠 있다. 무엇을 더 욕심내랴. 아름다운 자연 속에서 인정어린 이웃들과 어울려 살며, 작은 목소리로 내 인생을 노래할 수 있으면 되지 않았나. 큰소리로 읊을 수 있는 만족할 만한 글은, 아마도 요단강 저쪽에나 있을까 싶다. 돌아들어 단지 내 공원 벤치에 앉으니, 벗나무 잎새들이 발갛게 물들고 있다. 가을이 깊어가나 보다.

느리게 살기

"휴가 안 가십니까?" 한참만에 만난 후배가 묻는다. "맨날 휴간데 무슨 휴가를 따로 가겠나." "아 참 그렇기도 하겠군요 하하." 칠월로 접어들면서 날씨가 무척 더워지기 시작했다. 은퇴하면서 자연에 묻힌 이곳으로 이사를 와서, 지내는 일과가 하루 쉬고 하루 놀기이다. 나이 칠십이 넘도록 일을 해 왔으니, 앞으로는 시간에 쫓기지 말고 느리게 살기로 했다.

학생 때는 등하교 시간에 기계처럼 맞추어 지냈고, 시험공부에 시간을 다투어 책과 씨름을 하며 살았다. 수련의 시절에는 시계를 보며 수술을 해야 했다. 사회 일선에서는 모든 일과가 기계처럼 맞추어 돌아가야 하는 긴장된 생활이었다. 매일을 시간에 쫓기면서 피곤한 생활을 할 적에는 '죽으면 잠을 실컷 잘 수 있겠다. 사후에 마음 놓고 잠을 잘 수 있을 때는 행복할 것이다.'라고 생각했을 정도였다.

이제 이 많은 시간을 어떻게 보낼 것인가 궁리해 보니 재미있고 유익하게 지내는 것이 답이라 생각되었고, 그러려면 자신이 하고 싶은 일을 하는 것이 최선의 길이라는 결론이었다. 시간에 매이지 않고 자유로운 생활을 하면

125

서 하고 싶은 일을 찾다보니, 동 센터에서 운영하는 문화 강좌가 눈에 들어왔다. 일주일에 일 회 출석으로 시간에 쫓긴다는 생각이 전혀 들지 않고, 오히려 매너리즘에 빠지기 쉬운 일상에 자극을 주는 역할을 하였다. 이삼년간 영어 회화, 그 다음에는 컴퓨터를 배웠다. 재미있었다. 신세대에 동참했다는 뿌듯한 느낌도 들었다.

직업적인 전문가가 되려는 것이 아니어서, 어느 정도 익숙해질 무렵 흥미가 떨어졌다. 이때 머릿속에 샛별처럼 떠오르는 생각이 글쓰기였다. 소년 시절에 글쓰기를 장래 희망으로 삼았던 때도 있었다. 여러 가지로 알아본 결과 죽전 신세계 백화점에 개설된 문학 교실이 잡혔다. 지금까지 삼 년여를 다니고 있다. 지난해에 자신의 시집과 수필집을 낼 때까지 멋모르고 써 보았다. 지금은 머리가 둔해진 듯, 글머리가 잘 생각나지 않는다. 한 단계 발전하기 위한 정체기이기를 바랄 뿐이다. 머리에서 나오지 않으면 몸이라도 비틀어 볼 심산이다.

생각이 막힐 때는 냇가 둔치 길을 천천히 걸으면서 생각에 잠기고는 한다. 어저께도 걷다가 벤치에서 쉬는데 머리가 하얀 할배 한 분이 중절모를 단정하게 쓰고, 어울리지 않게 운동을 하다가 접근해 왔다. "여기에 자주 나오십니까?" 자기는 매일 새벽 여기로 운동 나온다고 했다. 나는 늦잠을 자기 때문에 새벽에 못 나온다고 답하니, 실망하는 눈치였다. 자기는 불면증이 있어 고생스럽다고 말하며, 늦잠을 자는 나를 부럽게 쳐다보았다. 그 노인의 얼굴에는 '우리 서로 외로운 늙은이들끼리 친구합시다.'라고 씌어 있었다.

평균 수명이 늘면서 은퇴생활도 길어졌다. 이 세월을 노인들이 어떻게 보내느냐 하는 것도 사회문제이다. 이 노년의 은퇴 후 생활을 슬로시티

(Slowcity) 운동과 접목시키면 좋은 방법이 나오지 않을까 생각해 본다. 이 운동은 자연환경 속에서, 전통을 지키며 느리게 먹기, 느리게 살기의 삶을 추구하자는 국제운동이다. 1999년 이탈리아에서 몇 명의 시장들이 시작했다고 하며, 우리나라에서는 전남지역 4개 마을이 아시아에서는 처음으로 슬로시티에 지정되었다.

느리게 산다는 것의 원래 의미는, 빠르게 변화하는 세상에 조금이라도 뒤처지면 살아남을 수 없다는 강박관념에서 벗어나, 인생의 자유를 되찾자는 생각에서 나왔다. 시간이라는 압박에서 벗어나, 서로 따뜻하게 보듬는 상생과 여유를 찾자는, 21세기의 새로운 가치를 추구하자는 데 그 의미가 있다. (『느리게 사는 것의 의미』 피에르 쌍소. 프랑스 수필가, 철학 교수.) 하지만 시간에 묶여 살던 젊은 시절에는, 덩치가 큰 저 느티나무도 세월 따라 천천히 자란다는 철학을 알아보지 못하였다. 이제야 느리게 살기 하면서 일상을 새롭게 하는 공상의 시간을 가질 수 있게 된 것이다.

은퇴 후 생활로 글쓰기를 하면서 서재에 혼자 앉아 있는 시간이 많다. '우리 여보는 혼자서도 잘 놀아요.' 내 짝은 때때로 외로워한다. 글이 중간에서 끊기면, 계속 쓰려고 애쓰지 않는다. 그냥 놔두고 졸리면 낮잠을 자고, 더위가 내려가는 오후에는 아내와 함께 광교산 낮은 숲 속을 느리게 산책한다. 내려와서는 카페에 앉아 석양에 졸고 있는 예쁜 산동네를 넓은 창 너머로 느릿하게 바라본다.

저 높은 곳을 향하여

모든 것은 마음먹기에 달려있다고 본다. 마음속에 내 우주가 들어앉아 있다고 생각한다. 리우 올림픽에서 불리한 위치에 있던 펜싱의 박상영 선수는, '할 수 있다, 할 수 있다.'라는 주문으로 기적을 발휘하지 않았나. 기쁜 마음, 슬픈 마음, 미워하는 마음, 이런 마음들은 그 사람의 영혼(정신)을 이끄는 안내자들이요, 영혼은 이들이 안내하는 곳으로 향한다. 결국 마음이 육체를 지배한다고 믿는다.

오십 대 초반부터 대장 내시경을 받기 시작하여 대장 용종을 떼어 내기 시작했다. 이삼 년에 한 번씩 내시경으로, 어떤 때는 십여 개를 제거하는 경우도 있었다. 떼어 내고 나면 마음이 개운하고 건강을 확인하는 느낌이었다. 용종을 그대로 십 년 이상 오래 방치하면 대장암이 된다. 더구나 여러 개가 있는 다발성 용종(familial multiple polyp)은 더 쉽게 암으로 발전한다. 때문에 용종이 있는 사람은 정기적인 검사를 받아야 한다. 가족력에 외삼촌이 위암이요, 어머니가 대장암(의증)이었기에 더욱 조심스러운 처지이다. 수년 전에 폐 수술을 받고 나서도 대장 검사는 계속해 왔다.

금년에 검사를 해야 하는 시기인데, 작년 말경에 심장에 관상동맥 협착이 있어 스텐트를 한 개 박고 약을 계속 복용 중이다. 약에는 혈액을 묽게 하여 응고되지 않도록 하는 아스피린 같은 약이 포함되어 있기에 출혈이 염려되어 내시경 검사를 할 수가 없었다. 마음속으로 은근히 걱정이 되고 스트레스를 받는 중이었다. 며칠 전에는 변 색깔이 까맣게 나온다. 위장 관에 출혈이 있으면 이렇게 된다. 양치질할 때 구역질도 나온다. 체중도 좀 빠지는 것 같다. 이런 것들은 대장암 증상들이다. 결국 올 것이 왔구나, 속으로 생각하면서 걱정이 태산이었다.

요즘 장수 시대에는 노인들이 한 가지 병으로 죽지 않고, 여러 가지 병이 찾아와 죽음에 이른다는 것이다. 결국 내게도 여러 가지 병이 찾아오는구나 생각되어 만감이 교차한다. 이런 얘기를 갑자기 아내에게 하면 놀랄까 봐 그냥 지나는 말로 "변이 까맣게 나오는데 아마 대장 출혈이 있는 게 아닌지 의심되네."라고 했다. 아내도 긴장했는지 아무 말이 없다. 이튿날 "나도 까맣게 나오니 걱정 안 해도 될 것 같아요, 요즘 야채 갈 때 블루베리를 섞어서 그런가 봐요."라고 하면서 밝은 표정이 된다. 그럼 그것을 빼보자고 했다. 다음날 보니 색깔이 정상이다.

며칠 후 보니 또 까맣다. '그러면 그렇지 블루베리 때문에 그렇게 까매질 수 있나.' 이제는 걱정이 현실이 되는 느낌이다. 어지럽기까지 하고 기운이 가라앉고 자꾸 잠이 온다. 생각 끝에 평소 단골로 다니는 동네 내과의원으로 Y 원장을 혼자서 찾아갔다. 얘기를 다 듣고, 찍어간 사진까지 본 그는 "그렇게 걱정 안하셔도 되겠습니다. 출혈이 있는 것 같지는 않습니다."라고 안심시키는 말을 했다. 내시경이 어려우니 초음파 검사라도 했으면 하고 기대했던 내게 안심하라는 말이었다. 그의 진료실을 나오면서 순식간에 기운이 펄펄 나고 어지럼증이 싹 가신다. 이렇게 금방 달라질 수 있을까.

보이지 않던, 유월의 태양이 담장 따라 곱게 핀 덩굴장미를 따스하게 쓰다듬고 있다. 가벼운 마음으로 돌아와 아내에게 말하니, 블루베리를 또 넣었다는 것이다. 빼고 다음 날 보니 정상 색깔이다. 그 후부터는 아침 야채 갈 때 블루베리는 삭제 항목이다. 의사라는 사람이 이렇게 헤매고 있으니 일반 사람들은 어떨까, 실소가 나온다. 모든 일이 마음 먹기에 달려있는 것 같다.

예수께서 "내가 하고자 하니 깨끗하게 되시오." 말씀하시어 나병 환자를 낫게 하시고 "사람이여, 그대의 죄는 용서받았소. 일어나 그대의 침대를 들고 집으로 가시오."해서 중풍 병자를 고치셨으니(루가복음 5:12-26), 이것이 기적인 것이다. 영혼의 장난이라고 생각한다. 영혼이 간절히 기구하면 안 되는 일이 없고 기적도 일어난다고 믿는다. 영혼은 마음이 안내하는 곳으로 이르게 되니, 언제나 긍정적인 마음가짐, 아름답고 용기 있는 마음가짐으로 저 높은 곳을 향하여 걸어가야겠다고 다짐해 본다.

흐르는강

　수명(壽命)에 대하여 가끔씩 가늠하면서 살아왔다. 고교 시절, 사관학교를 지원하려 할 때에는 '굵고 짧게 살자.' 조국을 위해서라면 사십 대까지 살아도 괜찮겠다고 생각했었다. 오십 대에는 칠십 전반까지만 살아도 후회 없는 삶이라고 생각했다. 칠십 대 초에 폐 수술을 받고 나서는, 생사를 하늘에 맡기기로 하고 수명에 초월하였다. 이제 팔십을 넘기면서 수명에 대한 욕심은 없다. 아직 이만하게 살아 있다는 것에 감사할 따름이다. 살아오면서 겪은 고난의 시절이 주마등이다.

　정도를 벗어나 샛길을 걸은 것이 세 번이나 되었다. 초등학교 오학년 때 6·25 전란이 있었고 사회가 어지러운 시절에 이웃의 안 좋은 친구들을 사귀면서 걸었던 샛길은 아버지의 '하교 후, 동네 외출 금지령'이 잡아주었다. 두 번째 샛길은 중학에 입학한 후, 공부와는 담쌓고 불량 학생들과 어울려 거리를 헤매던 한심한 생활이었다. 이 실패를 향한 행진은, 중 2때 일 년 휴학 생활이 가져다 준 고생과, 그 기간에 아버지가 한문을 가르쳐 주시면서 보여준 사랑이, 내 마음을 잡아주는 안전기지 역할을 해 주었기에 바로잡을

131

수 있었다.

세 번째 샛길은 본과 3학년 때 왔다. 잘못된 애정 행각이었다. 사랑이라 말할 수도 없었다. 매일 눈보라 치는 벌판에서 울며 서 있는 전봇대였다. 아무도 모르게 절간 밑에 방을 잡고, 아침에 일어나 부처님 앞에 올라가 이 인생을 묻고 또 물었다. 부처님은 언제나 자비로운 웃음만 보내주셨다. '네 인생이니, 자신이 알아서 길을 찾으라'고 말씀해 주는 것 같았다. 결국 빈 속에 술이나 마시면서 인생을 마감하려고 했다. 거의 왔을 때, 눈치 빠른 여관 주인의 밀고로 실패하여 살아났다. 그 뒤, 여관 주인이 딸을 주겠다는 제안도 귓가의 바람이었다. 두 번 사는 인생이라 생각하니 세상이 자유스러웠다. 더 내려갈 곳이 없다고 느꼈을 때 서서히 살아나는 힘을 보았다.

사십 대 후반 봉천동으로 병원을 옮겨 온 후로는 삶에도, 시간에도 여유를 찾을 수 있었다. '빨리빨리' 인생이 '천천히 여유 있게' 인생으로 바뀌었다. 가난한 동네에서 봉사하며 살겠다고 마음을 먹으니 '내가 누구인지' 보이기 시작했다. 그때까지 밤낮 없이 뛰는 생활을 할 적에는 일 자체가 인생이었다. 돌아보니, 욕심 없이 봉사하려는 자세로 살아온 것이 곧 자신에게 행복과 보람을 가져다주었다는 사실을 알게 해 준 25년의 봉천동 세월이었다.

칠십 전반에 병원을 정리하고 자연환경을 찾아 광교산 밑으로 이사 와서 산 지 육 년째이다. 번잡한 서울 거리를 벗어나 철따라 바뀌는 자연 속에서 물소리, 바람소리, 새소리들을 들으며 사는 것이 정말 행복해서 늘 감사한 마음이다. 사람은 생각이 많을수록 불행해진다고 한다. 감사하면서 단순하게 사는 것이 우리의 건강에 면역력을 높여주고 치유의 능력을 준다는 말을 믿는다. 옆에서 밥해 주는 아내가 있어 행복하고 내 다리로 걸을 수 있으니 감사하다.

수일 전에 고교 동기들의 송년회가 있었다. 사대를 졸업하고 속초에서 교장으로 오래 봉직한 L 교장이 말했다. "전에는 S 박사라면 하늘처럼 여겼는데, 인생 오래 살다 보니 모두가 별반 다를 것도 없고, 건강이 최고라 생각되네." 맞는 말이라 생각했다. 누구에게나 지난날의 명예나 사회적 지위라는 것은 한 마당의 꿈인 것이다. 이 꿈에서 빨리 벗어나야 노년의 행복이 오지 싶다. 눈에 보이는 온 세상이 사랑이다. 남은 세월 빈 가슴으로 '지금 여기'만을 생각하며 살아야겠다고 다짐해 본다.

혼자서 호젓한 산길을 걸을 때면, 먼저 간 친구들 생각에 가슴이 쓸쓸해진다. 그 푸르던 잎새들 모두 떨궈 버리고 기도하는 모습으로 조용히 서 있는 겨울나무를 본다. 지난 세월, 시간을 쪼개며 부지런히 뛰던 생각을 하면 이 나이에는 적당히 게으르게 살아도 좋을 것 같다. 오늘은 광교산 낮은 길을 걸으면서 빨리 걷는 아내에게 아주 처-언천히 걸어가자고 했더니, 아내가 내 손을 꼭 잡는다.

감사하는 사람의 삶에는 향기가 가득하고, 따뜻함과 기쁨 그리고 여유가 있다고 한다. 남은 시간도 감사하면서 행복한 사람으로 살아갈 생각이다.

4부
구세대의 자화상

고향의 빈집

　우리나라 농촌의 전형적인 시골집이다. 떠난 지 반세기가 훌쩍 넘어, 선산 성묫길에 찾아간 어릴 적 살던 고향집은 한 마디로 폐허였다. 멀쩡하던 기둥들은 뼈대만 앙상하고 초가지붕은 허물어져 비가 새는 몰골이다. 오랜 기간 외지 생활하면서, 힘들고 외로울 때 얼마나 그리던 고향이었던가. 여름날 밤에 멍석 깔고 별을 헤던 넓은 마당에는 잡초만 무성할 뿐, 그 옛날의 발자취는 아무 데도 찾을 길이 없다. 망연히 바라보고 있으니 옛날 생각들이 두서없이 꼬리를 문다.

　초등학교 입학하기 이년 전에 여기로 이사 와서 고등학교 졸업 후 서울로 공부갈 때까지 내가 살았던 집이다. 오륙 세때, 집 뒤 언덕 앵두나무 아래서 놀다가, 작은누나가 깨끗이 닦아놓은 뒷마루에 흙을 한 주먹 집어 던지던 개구쟁이 시절은 행복했었다. 중 2때는 휴학하고 이른 아침에 아버지께 한문을 배우고 아침 식사 후에는 들에 나가 농사일을 했다. 길게 소리내어 읽는 글소리를 들으려고 저녁에는 동네 아낙들이 모여들던, 살구나무 안쪽 사랑방은 기운이 다 빠진 할배처럼 누워있다.

형과 내가 서울로 공부 왔을 때, 장손인 조카가 조부모를 모시고 살았었다. 할아버지 돌아가신 후에는 할머니 모시고 살던 6·25 통에 조실부모한 장조카가 외로운 신세를 한탄하면서 술을 고래로 먹었다. 할아버지가 아끼시던 반닫이 속 고서화(古書畵)를 다 팔았다. 논밭도 차례로 팔아먹더니, 간을 버려 할아버지 계신 하늘로 갔다. 세월이 지난 후 형이 할머니(어머니) 모셔 올라오고 내가 조카네 남은 식구들 데려오니, 주인 없는 시골집이 되었다. 할머니 쓰시던 절구통은 민속 박물관에서 실어갔고 나머지 옛 물건들은 엿장수들이 들고 갔다고 했다.

이 집으로 이사 오기 전에는 이웃동네 우리 일가들 집성촌에서 살았었다. 큰 기와집이었는데 가운(家運)이 기울어, 여기 살던 G 씨네와 집을 바꾸었다. G 씨는 거기로 이사 가서 이장도 하고 부자로 살았었는데, 6·25 난리 통에 동네 사람들한테 돌로 처참하게 맞아죽었다. 그가 맞아 죽었다는 그 동네 골짜기는 험하게 생겼었다. 우리가 가난해져서, 여기로 이사 온 것이 전화위복이 된 셈이다. 아버지도 이 동네로 이사 와서 이장 일을 보았으나, 가난했고 또 비료 등을 나누어 줄 때 청렴결백하다고 소문이 나서, 지서에 열흘 정도 감금되었다가 풀려났다. 어머니가 큰 한숨 섞어 싸주시는 도시락을 들고 지서로 아버지 면회 가던 일도 기억난다. 거기서 심문받다가 작고한 분도 있었다.

북한 지배 하에 있던 그 시절에 저녁이면 동네 공회당에 어린이까지 모두 모이게 하여 '장백산 줄기줄기 – 김일성 장군' 노래를 밤늦도록 부르게 하던 일도 잊지 않았다. 그때는 집에 오면 졸려서 금방 잠에 골아 떨어졌다. 나중에 생각해 보니, 사람들에게 다른 생각할 여유를 주지 않기 위한 수단이 아니었나 싶었다. 우리 역사에 그런 일은 반복되지 않았으면 하는 바람이다.

내 어린 시절의 아버지는 기쁨도 슬픔도 모두 가슴에 묻고 살았던 것이다. 자식에 대한 사랑도 마음속에 간직하지, 겉으로 잘 표현하지 않았다. 돌아가시기 조금 전, 서울에서 공부하는 막내아들에게 장문의 편지를 보내셨다. 구절구절이 은근히 사랑이 묻어나는 글귀였다. 편지(下書)를 읽으면서 얼른 공부 마치고 효도하겠다는 꿈을 꾸었으나, 바로 무너져 버렸다. 환갑 지나고 작고하셨으니 안타깝기 그지없었다. 좀 더 오래 사시어, 이 고향집에서 막내아들이 보내드리는 용돈으로 주위 분들에게 베풀며 쓰셨더라면 얼마나 행복해 하셨을까 하는 아쉬움이 떠나지 않는다.

지금은 백세시대라 하며 장수를 누린다. 어렸을 때 거기 시골 집성촌에서 어울려 살던 일가 형제들이 모두 팔십 넘은 노인이 되어, '청송회'라는 이름으로 매달 열 명이 모인다. 모두 서울로 떠나온 신세들이지만, 모이면 시골에서 촌수 없이 가까이 살던 분위기가 그대로 살아난다. 여기서 옛날의 향수도 달래지만, 구름처럼 떠도는 우리네 삶의 진면목을 발견하는 것이다. 앞으로 지방 도시의 40%는 소멸될 것이라 하니, 이런 서글픈 고향집을 경험하는 사람이 나뿐 아닐 것 같다.

상념을 헤매다 보니 어느새 날이 저물어, 초저녁 둥근 달이 떠오른다. 울안에서 탐스럽던 감나무 대추나무들이 초라한 긴 그림자 드리우고, 귀뚜라미 우는 소리만 처량하다. 내 청소년 시절의 꿈을 간직한 고향집이, 많은 이야기들을 묻어둔 채 소리 없이 울고 있다.

행복한 사람

나는 죽을 때까지 무조건 행복한 사람이다. 왜냐하면 그 때까지는 분명히 살아있을 것이기 때문이다. 행, 불행은 마음먹기에 달렸다고 하지만, 죽음을 가까이에 둔 사람에게는 살아 있다는 사실만으로도 행복할 수 있는 충분한 조건이 되지 않을까. 이것은 암 투병이나 노환으로 고생하고 있는, 그래서 생을 재어보고 있는 많은 사람들이 공통적으로 느끼는 생각이지 싶다. 이 와중에도 불행을 가져다주는 일들이 찾아올 수 있다. 현명하게 극복해 나가는 방법은 없을까.

어느 가정이나 걱정 없는 곳은 없다. 나도 나이 든 딸이 결혼을 안하고 독신으로 강의 준비에 바쁜 생활하는 것을 보면 마음이 짠하다. 불혹이 넘은 아들이 내 말에 따르지 않고 제 뜻대로 나아갈 때면 속이 상한다. 이럴 때엔 '자녀는 철저하게 타인이다. 타인 중에 특별히 친한 타인이다.'라는 글에 동조하면서, 그들 속에 뛰어들지 않고, 옆에서 구경하기로 마음먹으면, 불행해지지 않는다.

나이가 들고부터는 큰 방향을 정하고 나면, 조그만 것들은 그냥 돌아가는 대로 내버려두는 편이다. 인간은 어찌 보면 운명대로 살아가는 것 같다. 서울 집도 부동산의 흐름을 잘 몰라서 큰 손해를 보고 팔았다. 크게 상심하지 않는다. 팔기로 결정한 것을 팔았으니 됐다고 생각한다. 하루는 먹자촌으로 점심을 먹으러 가고 있는데, 뒤에서 큰 SUV 차가 무작정 받는다. 화가 나는 게 아니라 웃음이 나온다. 아마도 그럴 운이었나 보다고 넘어간다. 받은 사람도 잘못을 인정하고 사무적으로 처리한다.

며칠 전에 정원을 걷다가 조그만 개미 두 마리가 저보다 덩치가 수십 배는 됨직한 지렁이 사체를 양쪽에서 입으로 물고, 끌어서 옮기는 것을 보았다. 그 속도가 놀라웠다. 이 무더운 여름 한낮에 땀을 뻘뻘 흘리고 힘들게 일하는 것을 보니, 농업이 기계화되기 전에 손으로 농사짓던 시절이 떠올랐다. 그 시절의 고생이, 작은 일에도 감사할 줄 아는 마음밭을 만들어 주었으리라 짐작된다.

숨을 쉬고 있다는 것만으로도 감사하고, 공원 소나무 가지들 위에 맑은 가을 햇살이 내려앉은 풍경을 보는 것으로도 충분히 행복하다. 집에서 계절따라 변하는 산들을 바라보고, 끊임없이 흐르는 맑은 냇물소리를 듣는 것도 감사하다. 녹음 속의 산길을 혼자 천천히 걸으면서 사유의 시간을 갖는 것도 좋다. 한적한 산 중에서 맑은 공기를 마시고 시원한 바람을 맞으면 세상에 부러울 것이 없다.

친구들에게서 날아오는 카톡을 보면, '칠십에 마누라가 해주는 밥을 먹을 수 있으면 행복하다.'고 하니 행복하다. '구십에는 집에 있으나 산에 있으나 마찬가지.'라고 하는데, 그것은 하늘에 맡길 일이다. 어제 저녁엔 태풍이 온다고 밖에는 천둥 번개가 치고 폭우가 쏟아졌다. 아늑한 방안에서 푹신한 침대 위, 평화로운 잠자리에 들 수 있게 해주셔서 한없이 감사하고 행복했다. 감사하는 사람의 삶에는 향기가 가득하고, 따뜻함과 기쁨 그리고 여유가 있다고 한다. 남은 시간도 감사하면서 행복한 사람으로 살아갈 생각이다.

풋고추 소고 小考

벚꽃이 꽃비로 내리기 시작하면, 다시 광교산에 오른다. 노년에는 추울 때 밖에 나가는 것을 조심하라기에, 추울 때는 산 대신에 양지바른 냇가 길을 걸었다. 집에서 버들치 고개로 오르는 길가에 밭들이 있고, 광교산 중턱에 있는 천년 약수터를 거쳐 내려오는 길가에도 밭들이 있다. 이 밭주인들은 고추, 상추, 토마토, 고구마 등의 농사를 아주 열심히 짓고 있다.

여름이 되면 그 길가 밭에 풋고추가 주렁주렁 탐스럽게 열린다. 저렇게 싱그러운 고추를 고추장이나 된장에 찍어 밥 말아 먹던 옛날 생각이 불현듯 떠올라 무심코 고추를 딴다. 아주 맛있을 것처럼 보이는, 중간쯤 익은 걸로 한 주먹 따다 보니 '남이 열심히 지은 농사를 훔치는 것이 아닌가.' 하는 생각이 든다. 주인이 있으면 얼마를 사든지 얻든지 할 텐데 아무도 없다. 어렸을 때 시골에서는 참외나 수박 같은 농작물을 '서리'라 하여 주인 허락 없이 조금 따 먹는 풍습이 있었다. 그 셈 치고 몇 개 따온다. 공평을 기한답시고 한 군데서 많이 따지 않고 이 밭 저 밭에서 두세 개씩 고루 딴다.

집에 와서 시식을 해보니 적당히 익어 야들거리는 풋고추의 매운 듯 달착지근한 뒷맛이, 옛날 고향에서 먹던 그 맛이다. 이 맛을 알고 나서 아내도 가끔 따온다. 한 번은 밭에 들어서서 따는데, 옆에 차를 받쳐놓고 있는 사람들이 주인이었다고 한다. "좀 따가도 되죠?" 하고 물으니 그렇게 하라고 했다는 것이다. 그 다음 해에는 지나면서 보니, 고추를 밭 가운데로 위치를 옮겨 심었다. 인심이 옛날 같지 않은 것이다. 작년에 문학 교실 손 회장님이 귀농 생활을 하며 손수 농사지은 풋고추를 한 보따리 가져와 문우들에게 나누어준 일이 있었다. 이 역시 맛이 일품이었다. 냉장고에서 며칠이 지난 후에도 풋고추의 속을 보면, 씨가 하얗게 통통하고 건강하다. 마트에서 사 오는 것은 속에 씨가 거멓게 변하고 부피가 말라 있다. 물론 맛도 다르다.

맛이 다른 이유가 무엇일까? 손 회장께 물어보니 "농약도 안 주고, 자연 퇴비만 주며 길러서 그렇습니다."라고 알려준다. 문득 농작물에 주는 농약이, 암 환자들에게 쓰는 항암제와 같을 것이라는 생각을 해본다. 항암제는 암 조직도 죽이지만 건강한 인체 조직도 같이 망가지게 되는 것이다. 농약도 해충을 잡는 동시에 작물의 신선한 조직에도 손상을 주니, 고추씨가 마르고 꺼멓게 변하는 것이 아닐까. 옛날에는 맛있던 음식들이 요즘은 어째서 맛이 없을까? 내가 늙은 탓인가, 식재료가 신선하지 않은가 혹은 중국산인가, 더듬던 생각들이 이제 좀 풀리는 것 같다.

요즘은 공해가 많아서 자연산으로 기르기가 불가능한 시대가 되었다. 농작물도 농약 없이 기를 수 없고, 수산물도 자연산은 사라지고 주로 양식해서 공급하는 실정이다. 양식하는 어류(魚類)들은 인공 사료들을 먹고, 오염될 수도 있는 물에서 항생제 살포를 받으며 자란다. 이런 공해 환경에서 얻어지는 식품을 먹고사는, 사람들은 어떨까? 시골은 옛날처럼 이웃끼리 음식도 나눠먹고, 이웃사촌이라 하며 서로 돕고 지내던 순박한 마음들이 그대로일까? 고향의 하늘과 별들은 예나 지금이나 그대로일 터인데, 인심은 많이 변했다고 한다.

도시 사람들의 생각도 이기적으로 변한 것이다. 우리 동네에는 소방서도, 장애인 학교도 들어올 수 없다면, 사회 공동체는 잘 굴러갈까? 불이 나면 남의 동네 소방서에서 와야 하고, 우리 동네 장애아들은 다른 동네 학교로 가야 하나. 농약도 치지 않고 자연 퇴비로 기른 풋고추처럼, 순박한 사람들은 없을까. 내 주위에는 지금도 변함없이 남을 배려하면서 사회를 생각하는 순수한 친구들이 많다. 그들과 더불어 인생길을 걷는다는 것은, 무공해 풋고추를 먹는 것보다 훨씬 더 행복한 일이라 생각된다.

서늘한 가을이

이 녀석이 이렇게 쉽게 올 줄은 몰랐다. 얼마나 기다리던 녀석인가. 어제 말복을 지나고 오늘 아침 일어나서 환기시키려고 창문을 열어 보니, 서늘한 바람이 불어오지 않는가. 멀리 있을 것으로만 여겼던 가을이 코앞에 와서 인사하는 것이다. 숨이 턱턱 막히던 무더위가 하루아침에 무릎을 꿇어버린 느낌이다. 침대에 누워 상큼한 바람을 맞으며 창밖을 내다보니, 티 한 점 없는 파란 하늘은 예고도 없이 높이 멀어져 있다. 가을날의 눈이 시리게 맑은 하늘은, 언제나 마음속에 슬픈 그리움을 안겨다 주는 까닭은 또 무엇일까.

백십여 년만의 더위라면서, 사정없는 더위가 온 세상을 찜통으로 만들었다. 여름에 햇볕이 쨍쨍 내려쬘 때는 언제나, 중학 휴학 시절 어머니와 함께 땀을 뻘뻘 흘리면서 콩밭을 매던 생각이 난다. 금년에는 가뭄까지 심하여 땅이 쩍쩍 갈라지는 것을 보고, 금이 갈라졌던 어머니의 거친 손이, 소년의 기억으로 자꾸 떠오른다. 선풍기도 에어컨도 없던 그 시절을 생각하니, 오늘을 살고 계시다면 얼마나 좋았을지, 아쉬움만 가득하다.

휴대폰으로 '오늘은 더위가 심하니 노약자들은 외출을 하지 말라'는 재난 안전본부로부터 시도 때도 없이 날아오는 면피성 경고 메시지도 이제 끝날 것 같다. 금년에 열사병 사망자가 30여 명이나 되고, 더위로 인한 구급 환자가 칠천여 명이나 되었다고 한다. 노인 인구가 많아지면서 노약자가 많아지니, 면역력이 약해진 이들이 무더위에 노출되어 위험해지는 것이다. 노인 의학의 필요성이 점차 커지는 이유이다.

말복인 어제는 정원을 걸어 나가는데, 숙성한 처녀 티가 나는 수국에서 진한 향기가 코로 스며들어 은근히 놀랐다. 초복, 중복 때는 아무 냄새도 없었다. 그 무더위를 다 겪어내고 나서야 비로소 향이 나는 것이다. 소나무 대나무와 더불어 세한삼우(歲寒三友)의 고결한 품격으로 많은 사랑을 받는 매화도, 눈 속에서 추위를 이겨내고 피는 설중매를 제일로 친다. 금년 여름 더위가 그렇게 심했기에, 창문으로 들어오는 가을 냄새가 이처럼 싱그러운 것은 아닐까. 사람도 하나의 인격이 완성되기까지는 고통과 성찰의 시간을 거쳐야 하는 것과 같은 이치가 아닌가 싶다.

일어나서 아침 체조를 한다. 서늘한 바람이 창문으로 들어와 내 몸을 휘감는다. 몸 속 노폐물이 남김없이 날숨으로 빠져 나가는 듯하다. 창문 저 너머로 펼쳐진 공원에는 나뭇가지와 바람, 그리고 나뭇잎 사이로 반짝이는 햇살의 향연이 한창이다. 이어지는 매미소리는 가을을 재촉하고 있다. 이제 머지 않아 단풍이 들고, 낙엽이 지는 가을이 올 것이다. 이 얼마나 아름다운 자연의 질서인가.

우리집 이야기

　누구든지 자기가 사는 집이 제일 좋다고 여긴다는 것이다. 나도 예외는 아니라, 은퇴하고 이사 온 이 성복동 아파트 단지가 여러 가지로 마음에 든다. 집 주위의 자연환경이 마음에 들고, 공기도 맑은 편이다. 학군도 좋다고 하지만, 우리에게 직접 관계되는 문제는 아니다. 근래, 이십여 년 동안에 이사를 열 번도 더 다녔다. 평균 이년에 한 번 꼴로 자주 이사를 다닌 셈이지만, 육 년째 살고 있는 이 집에서는 다시 이사 가고 싶은 생각이 없다.

　유명한 설계사가 유럽풍으로 디자인했다는 이 단지의 정원은 어떤 아파트에서도 본 적이 없을 만큼 아름답고 넉넉하다. 요즘은 산책하다가 정원 소나무에 깃든 아름다운 단풍나무들을 배경으로 사진 찍는 사람들도 가끔 본다. 새 집으로 이사를 하면서도 항상 인테리어를 새로 하고 들어가는 아내의 까다로운 눈에도, 이 집은 무사통과하여 손 하나 대지 않고 들어와 산다. 철 따라 옷을 갈아입는 공원이 눈앞에서 멀리 산자락으로 이어지고, 아침에 창문을 열면 새 소리 까치 짖는 자연의 소리가 싱그럽게 들어온다. 층간소음도 문제 없고, 걸어서 5분이면 광교산 둘레길, 버들치 고개에 이른다. 옆으로 흐르는 성복천 맑은 물에는, 백로며 오리들 노는 모습이 평화롭다.

은퇴 후에 이리로 이사 와서, 심심할까 봐 아파트 노인회에 들었다. 언제 부턴가 노인회 모임이 공교롭게도, 문학 교실에 나가는 수요일로 정해졌다. 이 때문에 이년 가까이 노인회 모임에는 거의 빠지고 있었다. 어제는 생각 끝에 문학 교실에 결석하고, 노인회 가을 나들이 가는데 동참하였다. 오랜만에 참석하여 회원 간에 친목을 다지는 데 의미가 있었고, 총천연색 단풍이 들어 가을 냄새가 진동하는데, 아내에게 바람이라도 쐬어 주자는 생각도 한 몫을 한 것이다.

천년고찰이라는 수덕사에서는, 대웅전 부처님 앞에서 '마음을 비우게 해 주십시오.' 하고 삼배를 올렸다. 나는 투병생활을 하면서 '마음을 비우는 것' 이야 말로 모든 근심걱정을 사라지게 할 뿐 아니라, 우리 몸의 모든 질병을 무력하게 만드는 힘이 있다고 믿게 되었다. 사찰 곳곳에 만공스님이 붓 대신에 무궁화꽃을 들어 써서, 삼각산 화계사 국제선원의 현판으로 붙였다는 '세계 일화(世界一花)'라는 법언이 눈에 띄었다. '세계는 한 송이 꽃'이라는 이 말씀에, 감히 '일화 만엽(一花萬葉)'이라 한 마디 어귀를 덧붙이고 싶은 마음 이 간절했다. 그래야 복잡한 이 세상에서 우주 삼라만상을 있는 그대로 볼 수 있을 것 같아서였다.

왕복간의 버스에서는 L 사장이 노련한 실력으로 가을 노래들을 아름다운 영상과 함께 들려주었다. 고성방가 없는 우리 가을나들이가 편안하고 격조 있게 느껴졌다. 이 아파트 단지가 좋게 생각되는 것은 이웃들 때문이기도 하다. 주차장에서 차가 마주치면 두말없이 양보를 한다. 산책길에 만나게 되는, 머리가 허연 노부부도 "안녕하십니까." 하고 수인사를 한다. 어린이 집이

나 유치원에 다니는 어린이들도 어른을 보면 "안녕하세요."라며 고개를 숙인다. 간혹 인사를 안 할 때는 젊은 엄마들이 "인사해야지." 하고 가르치는 모습은, 질서가 잘 잡힌 양반 동네에서 산다는 흐뭇함을 느끼게 해 준다. 백만매택(百萬 買宅), 천만 매린(千萬 買隣)이란 말은, 좋은 집보다 좋은 이웃이 훨씬 더 값지다는 유래에서 나온 말이 아닌가.

우리가 어렸을 때 동네 골목에서 만나는 어른들께 하던 인사말은 "진 잡쉈슈?"였다 아침 진지(밥)를 잡수셨느냐는 말이다. 지금 생각하면 유치하기 짝이 없는 인사말이지만, 먹을 것이 없던 그 시절을 잘 대변해 주는 말이었다. 쌀은 떨어지고 보리가 나오기 전에 식량이 없는 '보릿고개'에는 굶는 일이 많았었다. 초근목피라, 소나무 껍질을 벗겨 먹던 일이 북한의 실상만은 아니었다. 인사말도 시대에 따라, 사회 환경에 따라 변하고 있다. 세월이 지나면, 아마도 이 아파트 어린이들 입에서 "달나라 여행 댕겨오셨슈?" 하는 인사말이 나오지 않을까 싶다. 고소 공포증이 있는 나는, 그때까지 살고 싶지는 않다.

겨울산, 겨울나무

조팝나무꽃이 조신한 새색시처럼 하얗게 핀 이 봄날에, 겨울 산과 그 산자락에 서 있는 겨울나무들을 생각하는 것은 무슨 조화인가. 겨울처럼 저물어 가는 나이에, 꽃피던 젊은 시절이 생각나기 때문인가. 기운이 넘치던 젊은 시절에는 눈 덮인 태백산도, 속리산도 올랐었다. 멀리 바라보이는 눈 속의 겨울나무는 마치 젊은 날을 다 보내고, 인생의 마지막 계절을 조용히 살아가는 노인을 연상케 한다.

이십여 년 전 가까운 동기생 몇 명은 동부인으로 태백산 등반에 나섰다. 산 밑에 위치한 숙소에서 눈 내리는 2월의 밤은 깊어 가는데, 친구들은 밤이 깊도록 잠들지 못하고 정담을 나누었다. 그중에 먼저 간 친구가 있어, 그리움이 가슴에 젖어든다. 살아 천년 죽어 천년이라는 주목나무들이, 세차게 불어대는 산바람을 씩씩하게 받아내며 산 위에서 우리를 반겼다. 눈 쌓인 태백산은 가르침을 주었다. 2월 하순이라 날씨가 풀린 줄 알고 방한복을 가볍게 차려입고 가서 추위에 떠는 나에게 '준비는 항상 철저히 하라.'고 일러 주었다. 등산이 끝날 무렵 거의 다 내려온 산자락에서, 아이젠을 끄르고 내려왔다. 얼음판을 깔아서 엉덩방아를 찧게 하면서, '인생의 내리막길은 오를 때보다 더 조심해야 된다.'면서 볼기를 쳤다.

저 앞에 펼쳐진 푸른 산이 오늘은 눈 쌓인 겨울 산으로 보인다. 산등성이에서 잎을 모두 떨구고 서 있는 겨울나무는, 자식들 모두 키워 떠나보내고 쓸쓸히 살아가는 노인 형국이다. 앙상한 가지만 남긴 채 바람소리만 듣고 서 있는 모습은, 귀가 어두워져 들리는 소리만 대충 들으며 살아가는 할배와 비슷하다. 세찬 바람에 눈꽃마저 날려버리고, 이처럼 홀가분하게 겨울을 지내는 것은, 나이에 맞게 일을 벌이지 말고, 욕심 없는 생활을 하며 살라는 암시인 듯하다. 산은 숲을 이루고 있을 때 그늘을 주고 물도 주고 산소를 주지만, 잎을 모두 떠나보낸 겨울나무는 할 일을 모두 마친 황혼 인생이다. 다 큰 자식들 걱정에 아름다운 노년을 낭비하지 말라고 겨울나무는 말해 준다.

눈 덮인 겨울 산을 바라보며 속세에 찌든 마음을 깨끗이 씻는다. 세계적인 문호 괴테(Goethe)의 처세훈을 다시 읽어본다. 지나간 일을 후회하지 말고, 될수록 성을 내지 말 것, 언제나 현재를 즐기고, 남을 미워하지 말 것, 미래는 신에게 맡기고 최선을 다할 것. 그렇게 살아도 인생은 짧다는 것이다. 이들은 인생 후반부에 특히 유념해야 할 명언인 것 같다. 고즈넉하게 마음을 닫아주는 겨울 산 산사(山寺)에서 예불을 알리는 목탁 소리 들려온다. 바람 따라 퍼지는 은은한 풍경 소리는, 석양 앞에 선 나그네에게 막연한 그리움으로 다가온다.

겨울 산에 세찬 바람이 불어 닥칠 때는, 아버지 가슴으로 우는 소리가 들린다. 울면서도 온기를 품어, 눈 속에서도 복수초를 꽃피게 하고, 다람쥐들에게 도토리나 산밤을 양식으로 남겨준다. 모두 내려놓는 모습이다. 노년을

151

겨울나무처럼 다 비우고 허허롭게 살고 싶다. 서재에 앉아 조용히 책을 읽고, 마음 맞는 친구들 만나 정담을 나누고 아름다운 자연을 찾아 함께 호흡하면서, 나그네의 석양 길을 순리대로 걸어야겠다고 가다듬어 본다.

구세대의 자화상

저녁에 TV 앞에 앉아보니 유명 연예인이라고 여럿이 나와 좌담을 하는데 알아볼 수 있는 사람이 거의 없다. 자신도 모르는 사이에 나는 구세대가 되어 버렸다. 나이를 먹으면서 시력도 떨어지고 듣는 것도 무뎌지고, 인지능력도 곤두박질이다. 세월이 흘러가면 자연히 모든 사회 환경이 바뀌겠지만 이렇게 소리 없이 변해버릴 줄은 미처 몰랐다. 1세대를 30년 잡는다고 하니, 벌써 2세대를 훌쩍 넘기고 있지 않은가. 아들 세대와도 가치관이 다르고, 의견도 일치하지 않는 때가 많다.

TV에서 요란하게 광고를 하는데 한참을 보아도 선전하는 것이 무엇인지 알 수가 없다. 모 프로에서 젊은 방송인들이 나와 '소확.행'이라며 말들을 하는데, 무슨 뜻인지 짐작도 안 된다. 계속 들어보니 '소소하지만 확실한 행복'이란다. 신성한 우리 한글을 이들이 사정없이 비틀고 있는 느낌이다. 음악도 흘러간 노래에서나 귀에 익은 곡들이 나오고, 대부분 젊은이들 취향이다. K-팝이라고 젊은이들이 노래하고 춤을 추지만, 노래 가사가 전혀 귀에 들어오지 않고, 저렇게 마구 흔들어대는 것도 내 정서에는 맞지 않는다. 학교에

153

서 귀가하는 어린 학생들이 저희들끼리 떠드는 소리를 들어봐도 통역이 필요할 정도이다. 오래 살고 있다는 느낌이 든다.

친구들에게서 날아오는 카톡을 보면, 늙어서 조심할 것들이 많다. '아무 데나 참견하려 들지 말고, 묻는 말에나 대답하라.' 이 얼마나 서글픈 존재인가. 우리가 어렸을 적에는 부모님이나 어른들의 말씀에 순순히 따르고 진심으로 섬기지 않았던가. 스승과 부모님은, 그 그림자도 밟지 말라고 들으며 자라온 날들이 엊그제 같은데, 지금은 부모의 뜻을 받드는 자식들을 보기가 쉽지 않다. 여러 해 전 신촌에서 개원하고 있을 때, 노인 한 분이 얼굴에 피투성이가 되어 병원에 들어왔다. 젊은이가 지하철역에서 심한 애정행각을 벌이는데, 주의를 주다가 얻어맞았다고 했다. 그때 개탄스럽던 기억이, 세상 말세라는 생각이었다.

'노인 하나가 죽으면 도서관이 하나 불타는 것과 같다.'(베르나르 베르베르, 프랑스 저널리스트)는 말은, 요즘 우리나라에서는 통하지 않는 말이다. 공맹(孔孟)의 책을 보면 부모에 대한 효(孝)가 삶의 중요한 가치를 차지한다. 금세기 우리나라에서는 왜 효 사상이 메말라 있을까? 50~60년대 헐벗고 굶주렸던 세대들이 자신들이 겪었던 고생이 사무쳐서, 자식들에게는 고생을 시키지 않겠다고 자식들을 귀하게 키운 결과라 생각한다. '눈물 젖은 빵을 먹어 보지 못한 사람은 인생의 참 맛을 모른다.'는 명언을 깜빡 잊어버렸던 것이다.

자식들은 저만 아는 이기적인 인간으로 커 왔기에, 피땀 어린 부모의 인생을 모른다. '뿌린 대로 거두리라.'는 말이 있다. 일등 인생으로만 커 달라고 희생적으로 뒷바라지했던 일이, 남을 배려할 줄 모르는 인성(人性)이 메마른 인간들을 만들어 낸 셈이다. 여생을 봉양할 생각은 않고, 부모의 남은 재산이 곧 자신의 것인 줄 안다. 이런 불효 세상에 간혹 진심으로 효도하는 젊은이를 보면 대견스럽다. 얼마 전에 부모를 외국 여행에 보내드리고, 수원에 살면서 공항까지 맞으러 나와 태릉까지 모셔다 드리는 그 집 아들이 정말 크게 보였다. 지금부터라도 '나만 아는' 생각 대신에, 배려하고 더불어 살아가는 사회로의 교육 혁명이 절실하게 필요한 시기라 생각된다.

세월이 많이 지났다. 그리고 – 흐르는 강물 따라 나도 주류(主流)에서 많이 떠내려왔다. 어느새 구세대가 되고 보니 할 수 있는 일이 별로 없다. 하지만 욕심을 부리지 않으면 크게 문제 될 것은 없다. 세상 돌아가는 일들을, 그저 낙엽지고 눈이 내리는 자연을 바라보는 것처럼 편하게 보면 될 일이다.

일상日常의 행복

　　시간에 쫓기고 일에 밀리던 지난 시절에는 내 자신이 보이지 않았다. 꽉 짜인 시간표에 따라 움직이는 것만이 의미가 있었다. 이제 은퇴한 후 시간표에서 해방되니, 스케줄에 맞춰 뛰어야할 일이 없어졌다. 하는 일 없이 무료하게 시간을 보내는 것도 고역일 터, 나름대로 행복한 시간을 만들어 지내고 있다. 며칠 전에『에디톨로지(Editology: 편집)』(김정운 저)란 책을 보니, '인간이 가장 행복할 때는, 주체적이고 목표지향적인 일을 할 때이다' 정해진 일, 시키는 일만 계속하면 숨이 막힐 것이라는 얘기다. 이제 석양 앞에 서서 오욕(五慾)과 모든 굴레에서 벗어나니, 사는 게 즐겁다.

　　무엇보다 책상에 읽을거리가 있으면 언제나 행복한 생각이 든다. 어제는 광교 홍재 도서관에 가서『한국 대표 수필 75』등 책을 또 빌려왔다. 오늘은 서재에 앉아 옛 문인들의 격조 높은 명수필들을 읽는데, 창 밖에 가을을 재촉하는 소낙비가 쏟아진다. 세차게 내리는 빗소리는 서재를 상대적으로 더욱 고요하게 만들어, 마치 산사에서 참선하고 있는 느낌을 준다. 이런 시간이 나는 무척 행복하다. 이 나이에도 몇 시간씩 책을 읽을 수 있는 시력을 주심에 또한 감사하고 행복하다.

넓은 공중목욕탕에서 혼자, 혹은 한 사람쯤 있는 한산한 시간에 목욕할 때에도 아주 행복하다. 우선 머리를 비누로 깨끗이 감고, 몸을 대충 씻은 후에 34~35도쯤 되는 따뜻한 중간 탕에 느긋하게 몸을 담그면, 모든 근심 걱정이 눈 녹듯 사라진다. 암 조직에는 뜨거운 것이 좋다하나, 40도를 넘는 열탕이나 사우나 실에는 들어가지 않는다. 노약자나 심혈관 계통에는 열탕이 위험한 까닭이다. 조기 폐암을 수술 받은 후, 뜨거운 것이 좋다는 말을 듣고 매일 사우나에 들어가 땀을 뺀다는 내 친구는 하늘나라에 갔다. 무슨 일이든, 마음을 비우는 중용지도가 바람직한 것이다.

한 달에 한 번 쯤 이발을 할 때도 행복하다. 여기로 이사 온 수년 전 만 해도 커트를 잘하는 곳이 어딘가 하고 몇 군데 찾아 다녔었다. 지금은 색깔이 조금씩 다를 뿐이지 모두가 자기 나름대로 기본기를 갖춘 곳이라는 생각에, 속 편하게 목욕탕 이발소에서 자른다. 일체유심조(一切唯心造, 화엄경의 중심 사상)라 했던가. 그곳이 마침 휴무일 때는 그 옆의 가까운 데서 자른다. '잠시 행복하려면 구두를 닦고, 하루 행복은 이발을 하고, 평생 행복하려면 말을 타라'는 말이 있듯이, 긴 머리를 단정하게 깎으면 며칠은 산뜻하니 기분이 좋다.

행복한 시간 중에 빼놓을 수 없는 것이 아침이다. 기상하면서 커튼을 젖히고 창문을 열면, 슬그머니 찾아온 초가을 서늘한 바람이 불어와 기지개 켜는 몸을 다독인다. 몸을 푼 후에 침대에 누워 바라보면 파란 가을 하늘이 티 없이 높다. 창밖으로 보이는 공원의 푸른 숲이 멀리 산으로 이어지는 시원함은, 새소리에 실려 가슴에 행복을 안겨준다. 느긋하게 일어나 정성어린 아내의 밥상을 받을 때면, 모든 행복의 바탕에는 가정의 사랑과 화목이 필수라는 생각이 든다. '이렇게 행복해도 되는 것인가.' 하릴없이 외로워지기 쉬운 황혼 인생을, 이런 소소한 일상에서 행복을 찾아 살아가는 자신도 기특하다. 멍하니 있을 때 사람들의 두뇌는 창조적이라고 하나, 나는 아무 생각 없이 그냥 멍하니 행복하다.

영어는 책으로 읽는 것과 말로 의사소통을 하는 것이
영 다르다. 이십여 년 전에 처음 미국에 갔을 때는 그것을 몰랐었다. 영어로
된 원서를 막힘없이 읽고, 공부하는 실력인데 설마 기본 의사소통쯤이야 어
찌 안 되겠나 생각했었다. 그것이 큰 착오였다. 현지에서 여러 번 창피한 일
을 당한다.

공항에 내려 입국수속을 하는데 덩치가 큰 흑인이 무어라 묻는다. 잘 못
알아들었을 때는 익스 큐즈미(Excuse me)라 하면 다시 말해 준다고 알고
있었는데, 위아래로 기분 나쁘게 훑어보더니 턱으로 가라 한다. 들어가면서
부터 망신을 당한 것이다. 유니버설 스튜디오에서 둘러보는데 중학생쯤 되
는 여학생들이 까불까불 옆으로 지나면서 "- 후럼?" 한다. 눈치를 보니 어디
서 왔느냐고 묻는 것 같다. 이어서 "- 스워드" 한다. Sword(검, 칼)를 생각하
니, 검도 할 줄 아는가 묻는 것처럼 보인다. 한 마디 알아들으면 눈치로 넘겨
잡는 수밖에 없었다.

라스베이거스에 갔다. 호기심으로 슬롯머신을 하고 나오는데 복도 소파에

앉아 있던 미국인이 뭐라고 묻는다. 못 알아듣고 머뭇거리니, 옆에서 마누라가 툭 치며 "많이 땄느냐고." 눈치가 빨라야 한다. 콜로라도 강가 잔디밭에서 큰 잉어들이 노는 것도 보고 아내와 교대로 사진을 찍어주고 있으니, 지나가던 미국인 하얀 노부부가 찍어 주겠다고 다가온다. 할머니에게 카메라를 건네고 돌아서는데 할배가 "와이 돈추유 스마일(Why don't you smile)." 영어 회화를 모르니 와이(why) 와 스마일(smile)만 들린다. '왜 남의 할머니에게 웃느냐.'고 고함치는 것이다. '왜 좀 웃지 그러느냐.'라는 말을 못 알아들은, 머쓱한 한국인 얼굴이 사진에 남는다.

영어로 의사소통을 하려면 말하는 것보다 우선 상대방의 말을 알아듣는 것이 중요하다. 알아듣지 못하면 처음부터 막혀버리기 때문이다. 대학 후배 한 분이 부지런히 배낭 메고 외국엘 다녔다. 어떻게 의사소통을 하느냐고 물으니 "뭐 손짓 발짓 다 하고 다니지요." 한다. 이것도 용감해야지 나 같은 내성적인 사람은 안 되는 일이다. 미국인들은 영어를 잘하는 사람에게는 무척 친절하지만, 못하는 사람은 무시하는 경향이 있다. 공항 흑인 직원도 그랬고, 사진 찍어 주겠다고 웃던 할배도 카메라를 돌려주고 돌아설 때, 태도가 금방 싸늘해짐을 느낄 정도였다. 호텔 안에서 사진 찍을 때 고등학생으로 보이는 여학생이 "메이 아이 테이크 어 픽춰 휘 유(May I take a picture for you?)"라고 똑똑하게 발음을 해줄 때는 금방 알아들었다. 하지만 대개는 동양인이라고 발음을 잘해 주지 않는다.

귀국하여 곰곰이 생각해 보니, 반벙어리 노릇을 하고 다닌 것이 창피하고 분하였다. 중고등학교 6년, 대학 예과 2년간 영어를 배운 실력이 이런 정도인가. 생각 끝에, 퇴근 후 시간에 강남의 여러 영어 학원을 다녔다. 유명 학원, 원어민이 가르치는 곳 등 여러 곳을 수년간 섭렵하였다. 학생 중에 항상 나이가 제일 많았으나, 고목에서 꽃이 피면 더 아름답지 않은가, 라는 배짱이었다. 가장 효과적인 학습은 레베카(Rebecca's Dream)로 시작되는, 영화 비디오를 보면서 문장을 통째로 외워버리는 교실이었다. 몹시 추운 겨울날, 학원 가는 길목에서 오뎅을 사먹으면서도, 미국에서 창피당한 일을 생각하면 전혀 춥지가 않았다.

요즘은 영어교육 시스템이 개선되어 읽고 해석하기 일변도에서 벗어나, 말하기도 중요하게 다루기에 젊은이들이 웬만한 영어 회화는 다 잘한다. 어린 학생들도 학원에 다녀서 영어로 종알거린다. 맞는 교육 방침이라고 생각된다. 하지만 우리말도 잘 터득하지 못한 어린 유치원생이나 유아들을 영어 학원으로 내모는 것은 찬성할 수 없다. 두 살짜리 애기를 영어학원에 데리고 가서 상담을 했더니 "어이구 늦었으니 빨리 등록하라."고 한다는 말에는 어이가 없었다.

2004년에 한강변 트럼프 월드 아파트로 이사 들어가니, 렌트 사는 외국인이 많았다. 일층 상가에 카페가 있었는데, 퇴근하면서 카운터에 앉아 마시면 옆에 외국인이 앉는다. 각자 자기 술을 마시면서 대화하면, 학원에서 배운 것을 실연해 보는 데 상당히 도움이 되었다. '웬일이야, 오늘은 일찍 왔네(How come, you're early tonight)' 같은 말을 쓰니, 어디서 영어를 배웠느냐고 묻는다. 하루는 젊은 여주인이 장사가 안 된다고 하소연을 했다. 카페가 문을 닫으면 실전 영어 연습할 기회를 잃겠지만, 고생하는 사정을 뻔히 보면서 모르는 체할 수는 없었다. 하루 빨리 정리하는 것이 제일 좋은 방법이라고 말해 주었다. 이 여자는 수일 후 문을 닫아버렸다.

언어 소통에 대하여 생각해 본다. 우리말도 가끔은 잘 알아들을 수 없는 때가 있다. 하물며 외국어를 우리말처럼 잘 소통한다는 것이 전문 분야가 아닌 이상 어찌 그리 쉽겠는가. 어느 날 회고록이라고 써놓고, 다시 읽어보니 엉망이었다. 우리말부터 좀 조리 있게 쓸 수 있도록 배우는 것이 우선이라는 생각이 들었다. 동회 자치센터 영어 회화반에 다니던 것을 그만두고, 우리말의 예술을 창조하는 문학 교실에 등록하였다. 지금은 눈 덮인 산야에 우뚝 선 푸른 소나무들, 산에서 내려오는 바람 소리, 앙상한 나뭇가지 위의 참새 떼, -이런 우리의 자연이, 고민하며 여행 다니던 외국 경치보다 훨씬 더 아름답게 보인다.

앉아서 소변보기

시원하게 소변을 보고 나면 배설의 쾌감을 느낀다. 하기야 인간이 배설의 쾌감을 느끼는 것이 이뿐이겠는가 마는, 여기서는 남자들 소변보기로 한정해서 생각해 본다. 이것도 나이에 따라 양상이 사뭇 달라진다. 노년에 소변을 시원하게 볼 수 있는 것도 건강의 바로미터이며 복 받은 일이다. 만약 신부전증이 있어 투석을 받는 환자라면 말할 수 없이 괴로운 일상을 살아가야 한다. 이것을 잘 본다는 것이 얼마나 다행스러운 일인가.

어릴 때는 기저귀 신세를 지며 자란다. 소년 시절에는 오줌 줄기를 가지고 장난을 쳐 본 기억을 많이 가지고 있을 듯하다. 누가 멀리 가나, 높이 오르나, 시합도 했을 것이다. 노년에 접어들면 소변 줄기가 힘이 없어지고 가늘어진다. 참지 못하고 2시간 이내에 자주 보게 되고(빈뇨), 줄기가 중간에 끊기면 전립선 비대증을 의심해야 한다. 우리나라 60대 이상에서 60~70%가 전립선 비대라 하니, 이럴 때는 늦지 않게 전문의의 검사를 받을 일이다. 전립선 암이 아닌지 감별할 필요도 있다. 요즘 며칠 사이에 대로변에 차를 세워두고 한데서 실례를 하는 나이 지긋한 신사, 택시 기사들이 여럿 눈에 띈다. 그들의 전립선이 수상했다.

오래전에 친구들 등산모임에서 p 박사는 "나는 소변을 앉아서 보네." 서서 보면 변기 주위에 소변이 묻는다고, 마누라한테 혼난다고 했다. 그 뒤에 나도 그런가, 자세히 보아 왔다. 나이가 쌓이다 보니 요즘은 소변 줄기가 약해지면서 변기 가에 한두 방울 묻는 때가 있다. 그럴 때마다 휴지로 깨끗이 닦아 놓으면 내자는 별말이 없다. 다행이라는 생각이 든다. 베트남에서는 여자들이 서서 소변을 본다. 그녀들은 헐렁한 옷을 입고 다니기는 하지만, 어떻게 옷에 흘리지 않고 일을 해내는지 도무지 이해할 수가 없다.

늙으면 소변보기 만 문제 되는 게 아니라, 잠자는 것도 문제다. 젊을 때는 누우면 잠들었는데 이제 잠이 잘 안 온다. 우리나라 불면증 환자는 약 54만 명이며 나이가 많을수록 증가한다는 통계이다. 주위 친구 중에도 수면제를 복용하는 예가 꽤 있다. 내자도 전에는 눕자마자 코를 고는 체질이었는데 요즘은 잠들기 힘들어하는 때가 종종 있다. 한방에서 자다가 일어나 방에 붙은 화장실에서 소변을 보려면, 쏟아지는 소리가 크게 들린다. 어렵게 잠든 사람을 깨우게 될까 신경이 쓰인다. 생각 끝에 얼마 전부터는 속 편하게 소변을 앉아서 보기로 했다.

앉아서 보니 소리는 조용한데, 서서 소리를 들으며 시원하게 보던 습관이 붙어 영 개운하지가 않다. 전립선 비대증 같지는 않은데, 앉아 있으니 소변도 잘 나오지 않는다. 차라리 바깥 화장실로 나가서 시원하게 일을 보고 가만히 돌아오는 것이 상책일 것 같았다. 다행히 문 여닫는 소리도 조용하고, 맨발로 걷는 마룻바닥도 소리가 없다. 짝을 배려하는 내 마음을 기특하게 여겼는지, 문도 바닥도 말없이 도와주는 듯하다.

월남전에 참전한 지도 어느덧 반세기가 지났다. 오랜만에 해외여행을 계획하다가 베트남 다낭으로 정했다. 월맹(공산주의)으로 통일된 후 어떻게 변했나 하는 궁금증도 있었다. 다낭은 베트남 중부에 위치한 도시이고, 참전 당시 내가 근무하던 퀴논, 투이호아보다는 북쪽이다. 그 당시 군의장교로 참전하여 선무공작 차원에서 민간인 진료를 많이 하였기에, 그들의 가난한 생활상을 들여다보는 기회가 많았다. 그 시절의 그들과 비교해 볼 수 있을 것 같았다.

한국군은 그 당시 미군을 도와서 월남(자유 민주주의)을 지원하였기에, 북쪽 월맹으로 통일된 지금, 베트남 국민들의 한국인에 대한 감정은 썩 우호적이지 않다고 한다. 한마디로 말하면, 우리를 공포스럽게 여기고 경계하는 편이라고, 유식한 가이드 홍 대리가 설명해 준다. 하지만 여행하는 동안 그들의 적대 감정이나 날카로운 눈초리는 볼 수 없었다. 온순하고 친절한 민족이라는 느낌이었다. 베트남의 고대 왕조 국가는 기원전 111년에 중국 한나라, 명나라들의 침공으로 중국에 병합되었었고, 그 후 응우옌 왕조시대에는 프랑스의 지배를 받아왔다. 1954년에 북위 17도 선을 기준으로 남북이 분단된 상태에서 월남전이 일어난 것이다.

　베트남 거리의 상인들은 거의 모두 '1달러'를 외친다. 비닐봉투에 담긴 바나나 한 손, 생수 한 병, 망고를 깎아 담은 플라스틱 한 통, 베트남의 고깔모자(논, non) 3개, 모두 1달러로 통한다. 월맹으로 통일된 후에도 그들의 화폐와 함께 미국 달러가 통용되는 것이 놀라웠다. 베트남은 사회주의(공산주의) 국가이지만, 정상적으로 벌어서 세금을 납부한 경우에는 사유재산을 인정해 준다는 것이다. 인권도 독재적인 탄압은 없다고 한다. 사회도 외부로 개방된 분위기였다. 씨클로를 타고 다낭 시내 야경을 돌아보는데 힘들게 사이클을 밟아대면서도 모두 밝은 표정 들이다. 바스켓 보트를 힘차게 젓는 사공들도 모두 신나게 몸을 흔들어댄다.

　베트남은 조혼(早婚)풍습이 있으며 출산율도 현재 우리나라의 2.5배이다. 가정을 중요시하고 가족들을 위해서는 힘든 일도 가리지 않는다. 우리나라도 60~70년대에는 가족이란 개념이 중요하였고, 결혼은 해야 하고 자식도 많이 낳아야 좋다고 생각했다. '둘만 낳아 잘 기르자.'라는 산아 제한 캠페인도 있지 않았나. 지금 결혼과 출산을 기피하는 현상은 개인주의가, 또 편하게 살겠다는 이기주의가 팽배했기 때문이라고 생각한다. 경제 발전에 따른 자연 현상인지는 모르겠지만 장래가 걱정스럽다.

　생활 수준을 비교해 보니, 우리나라는 완전 선진국이다. 하지만 우리 국민의 행복지수는 최근 5년간 16계단 떨어져 세계 68위라 한다. 잘사는 나보다 더 잘 사는 이웃이 있어 불행한 것일까? '비교해서 불행하지 말고, 내게 있는 것으로~.' 찰리 채플린의 명언이다. 베트남의 국민 행복지수는 세계 3위이

심웅석 수필집 | 친구를 찾아서

다.(2017.1월 기준) 이들은 오토바이 한 대만 탈 수 있으면 행복하다는 것이다. 여행 중에 마블 마운틴(오행산)을 관광하였다. 동굴 안쪽에 우리나라 영화 〈신과 함께〉의 마지막 지옥 장면을 촬영한 불상이 안치되어 있었다. 거기서 더 올라가면 천당이 있다고 하여 부지런히 기어 올라가 보니, 뻥 뚫린 산 앞으로 논느억 해변과 산기슭 마을의 아름다운 풍경이 펼쳐졌다. 즉 천당은 바로 우리가 살고 있는 이 세상이란 뜻이란다. 이 나라는 불교문화의 영향으로 행복지수를 '무소유'에 가깝도록 낮춰 놓았나 보다.

반세기 전, 축 처져 있던 베트남 사람들과는 전혀 다른 모습들이다. 거리는 활기에 넘치고 사람들의 눈동자는 모두 살아있다. 한강(다낭 시내를 관통하는) 유람선을 타고 다낭의 야경을 둘러보니, 휘황찬란한 네온 불빛들이 베트남의 도약하는 모습을 잘 말해 주고 있었다. 세계 6대 해변의 하나라는 다낭 미케 비치의 고운 모래 해변을 아내 손을 잡고 걸었다. 야자수 가지들 사이로 비치는 석양이, 이국의 망망대해 위에 펼쳐지면서, 잊지 못할 추억으로 붉게 물들여 주고 있었다. 다낭 남쪽, 과거 해상무역 요충지였던 호이안은 전통적인 고대 무역항의 도시 모습이 완벽하게 보존되어 세계문화 유산으로 등재되어 있다. 투본강을 끼고 있는 조용한 휴양도시이다. 아무 생각 없이 밤거리 강가 벤치에 앉아, 네온 불빛들이 명멸하는 거리만 바라보아도 행복한 곳이다. 이국에서 보내는 봄날의 한 페이지를 꿈으로 채워주기 충분하였다.

유네스코 지정 세계 문화유산이 많았고 이것들을 둘러보는데, 가는 곳마다 한국인들이 넘쳐난다. 여기가 한국인지 베트남인지 구분이 안된다. '중국 집에 불났다.'라는 말은 중국인들이 시끄럽다고 흉보던 말이다. 그에 질세라 그룹으로 몰려온 한국인들이 식당에서 "위하여."를 반복해서 외치는 모습은, 같은 동포로서 부끄럽게 생각되었다. 끼니 걱정을 할 정도로 가난했던 옛날을 한풀이라도 하는 소리로 들렸다. 우리 경제가 짧은 기간에 기적적으로 발전하였다는 생각을 하게 된다. 경제 수준만큼 공중도덕 수준이 따라주지 못하는 것이다.

돌아오는 비행기에서 생각해 본다. 우리도 배고팠던 시절, 온 국민이 뭉쳐 '하면 된다.'라고 외치던 시절이 있었다. 그때, 나보다는 가족을 위하였고 나 자신보다 국가의 앞날을 먼저 생각했었다. 국가의 이름으로 월남에 파병되어 목숨을 걸었고, 내 가족과 나라를 위하여 낯선 독일 탄광에 자원하였다. 나라의 이름에 때 묻히지 않으려고, 수천 미터 땅 밑에서도 열심히 땀 흘렸다. 파독 간호사들도 나라의 명예를 걸고 밤새 시체를 닦았던 것이다. 지금 베트남에서 그 시절의 우리를 본다.

왕과 개

독일 남서쪽 경계에 있는 소도시 포츠담에는 '상수시' 궁전이 있다. 프로이센 왕으로, 여러 왕국으로 나뉘어졌던 독일의 통일 기반을 닦은 프리드리히 2세(1712~1786)의 여름 별궁으로 그의 무덤이 있는 곳이다. 프로이센 왕들과 독일 황제들을 통틀어 대왕(The Great) 칭호를 받는 유일한 왕인 그는, 사후에 애견 곁에 묻어달라는 유언에 따라 애견 9기 곁에 평장으로 묻혔다. 세계 전쟁 등 여러 이유로, 사후 205년 만에 마지막으로 기르던 개의 곁에 묻힌 것이다. 이슬비 조용히 내리는 그의 초라한 무덤을 보면서 여러 상념에 젖어 들었다.

왜 그런 유언을 남겼는지 알지 못한다. 다만 주위에 개만큼 편한 신하가 없었던가 짐작할 뿐이다. 신하가 국정을 물었을 때도 말없이 개만 쓰다듬고 있었다 하니, 혹여 애견의 입장에 서 봄으로써, 인생과 이 세계를 제3자의 눈으로 바라볼 수 있었지 싶기도 하다. 단순하여 언제나 믿을 수 있는 애견과 한편이 됨으로, 정치 사회 군사적으로 복잡 난해한 사안들을 한발 물러선 냉철한 안목으로 처리할 수 있었고, 그 결과 위대한 업적을 남겼을지도 모를 일이다.

'상수시'란 불어로 '근심이 없다'는 뜻이다. 프로이센을 군사대국으로 성장시키고 국민들의 행복 증진에 힘썼던 왕이 이 별궁에 와서는 복잡한 머리를 비우고 아무 근심 없이 지내고 싶었던가 보다. 주위에 충성스러운 신하들도 있었겠지만, 단순 충직한 애견과 함께 보내는 시간이 근심에서 벗어나는 유일한 휴식이었지 싶기도 하다. 사람도 똑똑한 친구보다 내 말 잘 들어주는, 믿을 수 있는 친구가 더 가깝지 않던가. 나폴레옹과 함께 유럽의 위대한 지도자의 한 사람으로 꼽히는 프리드리히 2세가 사랑한 개는 이탈리안 그레이하운드였다. 개를 부를 때 존칭을 쓰고, 개를 위한 별도의 하인을 두고, 개들을 위한 여섯 마리의 말이 끄는 전용 마차까지 있을 정도였다고 한다.

끊임없는 전쟁과 수많은 업무에 시달려야 했던 왕에게 개는 유일한 친구가 되었을 것 같다. 개는 300여 종이 있으며, 15000년 이전에 늑대나 야생견을 사육한 것으로 추정된다. 늑대는 평생 한 마리의 암컷만 사랑하고, 암컷이 죽으면 어린 새끼들을 홀로 돌보다가 새끼가 성장하면, 암컷이 죽었던 곳을 찾아가서 굶어 죽는다는 것이다. 새끼들은 성장하면 독립하고, 독립한 후에도 종종 부모를 찾아와 인사한다니, 오늘날 다 커서도 독립하지 못하고, 독립하면 부모를 잘 찾아오지 않는, 사람보다 낫다는 생각이 든다. 흔히 여자들이 남자보고 늑대라 말하지만, 늑대 같은 남자를 만나면 평생 행복할 것이다. 중고 시절 아침에 걸어서 등교할 적에 산모퉁이를 돌면, 늑대들이 떼지어 몰려다니는 것을 종종 보았다. 외모로 보면 개와 잘 구분이 안 될 정도로 닮은꼴이었다.

개의 습성도 늑대를 닮아서 그런지, 의리를 잘 지키고 주인을 위하여 목숨도 버린다는 이야기를 들었다. 어렸을 때 개를 기른 일이 있다. 진돗개였는데 초등학교 때, 학교에서 돌아올 때는 멀리서도 알아보고 반갑다고 꼬리를 흔들며 마중 나오고는 했다. 한 식구처럼 정이 들었고 직접 말을 하지 못했지만 이심전심으로 의사소통이 다 되는 정도였다. 하루는 하교하면서 개가 마중 나오기를 바라는데, 읍내에서 국밥집을 하는 정애 아비가 우리 개를 지게에 줄로 묶어서 잡아가는 것이 아닌가. 밧줄에 묶여서 안간힘을 쓰며 울부짖는 개를 보면서 나도 한없이 울었다. 그 후로는 개를 기르지 않기로 결심하였다. 개의 변치 않는 순수한 정 때문에 언젠가 사별이든 생이별이든, 닥쳐오면 마음의 고통이 감당할 수 없을 정도로 아플 것이기 때문이다.

개의 IQ는 30으로 세 살 어린이 정도라 한다. 어린이들은 순수하고 착하다. 우리도 못살고 못 배웠을 적에, 순진한 정서로 서로 도우며 정직하게 살지 않았나. 오늘을 사는 현대인들은 많이 배울수록 욕심에 집착하여, 만족을 모르면서 행복을 잊고 사는지 모르겠다. 물안개 피는 넓은 정원이 내려다보이는 언덕 한쪽에, 초라하게 보이는 평장 묘를 보면서, 왕도 마음을 모두 비운 깨끗하고 맑은 인품이었을 것이라 짐작해 보았다.

포츠담은 2차대전 종전 무렵 '포츠담 회담'이 열렸던 곳이다.

친구의 악처 이야기

철 지난 일기장에서 맥없이 떨어지는 단풍 마른 잎을 본다. 친구가 오래전에 전해준 한 편의 글이 끼어있다. 무슨 말을 해도 들어줄 것 같은 푸근한 인상에, 때 묻지 않은 영혼을 가진 친구였다. 쥐죽은 듯 고요한 가을날의 호숫가 언덕에서 소주잔을 비워가며 둘이서 인생을 논하던 날, 그는 이 글을 배낭에서 꺼내 주었다. 그가 한 여자와 동거로 시작해서 비극으로 끝난 내용들이 구석구석 숨어 있다.

#프리스콤인

돈 벌러 다방에 간다더니 미군 한 명을 데려온다. / 동생이라 소개한다. / 이 미군과 국제 결혼하여 학비를 보내 준단다. / 동거로 시작한 처지에 할 말이 없다. / 하얀 미국인 얼굴에 빠지더니, '그게 얼굴이냐.'고 구박이다. / 단칸방에 이불 두 채, 한 채는 그들이 덮는다. / 잠 못 이루는 밤, 뜰에 나 앉으니 / 무심한 하늘에 달빛만 휘영청. // 여름 방학, 친구들과 여행가라 하더니 / 돌아오니 낙태수술 받았다고 누워있다. / 상의도 필요 없는 임신이었나.

여자의 마음은 갈대처럼 항상 변하는가. 이들이 동거를 시작할 때는 서로 사랑에 빠졌을 텐데, 이처럼 금방 동생이 되어버리나. 사랑이 무엇인지도 모르는 철부지들의 장난이었나. 여자는 수시로 이불을 둘둘 말아 담 너머로 집어던지며 "나가! 이 새끼 당장 나가!"라고 행패를 부렸다고 한다. 하루는 보다 못한 안방 주인아주머니가 "오늘은 내가 학생 어머니다. 두고 보니 너들 해도 너무한다. 사람을 그렇게 못살게 하면 죄 받는 기래."라면서 여자 모녀에게 정식으로 역정을 냈다는 것이다. 친구가 K 선배의 연구실을 빌려 나왔을 때는, 학교로 찾아와서 다시 끌고 갔다. 하이힐을 신고 복도를 활보할 때, 학우들은 내용도 모르면서 미끈한 다리에 부러워하는 이들도 있었다고 말하던 그는 허탈하게 웃었다. 사람은 외모로만 판단할 일이 아니다.

춤추는 칼바람

타는 듯 땀나는 여름날 한낮에 / 오늘도 휘두르는 칼바람이 시원하다 / 넓적한 칼날이 코앞에서 춤을 출 때 / 설마 죽이기야 하겠냐고 스스로 안심이다. / 눈동자를 살펴보니 파란빛을 뿜어낸다. // "이 녀언" 새벽 댓바람에 들려오는 고함소리. / 장롱 밑 서랍에 보관하던 부엌칼을 / 보다 못한 제 어미가 슬그머니 치운 듯. / 이 여자의 안중에는 제 어미도 안 보인다. / 오, 하느님 / 방황하는 나그네에 갈 길을 주소서.

이 글들을 읽어보니 항상 웃는 친구의 모습에서, 얼굴 한켠에 늘 그늘이 져 있던 까닭을 짐작할 수 있었다. 시도 때도 없이 '이 새끼 저 새끼' 할 때는 천둥이 벽을 뚫고 들어와 지구를 흔드는 느낌이라 했다. 이 세상 수많은 사람 중에 이런 인간도 있었구나라는 생각과 친구에 대한 연민으로 가슴이 아팠다. 함께 술 마시고 노래방에 갔을 때, "~ 남자라는 이유로 묻어두고 지낸, 그 세월이 너무 길었어." 힘주어 부르던 그의 노래 소리가 지금도 잊히지 않는다. 여자의 고향 친구들이 왔을 때, 반갑게 인사 끝내고 나오려는데 갑자기 "이 새끼, 하는 게 틀렸어." 넥타이를 잡아당기고 얼굴에 침을 퉤퉤 뱉을 때는 도무지 해석이 안 되었다고 했다. 아마도 잘난 남편을 쥐고 산다고 과시하고 싶었을 것이란 내 말이 위로가 되었지 싶지 않다. 그는 눈물과 절망의 세월 속에서 말을 잃고, 허공을 헤매는 벌레가 되어 살고 있다고 토로했다. 그가 인생길에 큰 결심을 한 계기가 되었을 듯싶은 내용이다.

#암캐

"날만 어두워지면 미친 듯이 O 순경을 찾아다닌대요." / 여직원의 말에, 한 귀로 듣고 흘려버리자 딱하다는 듯 덧붙인다. / "운전 배운다고 밤만 되면 차 끌고 같이 나간대요. / 속옷도 모두 세탁해다 주고요." / 부부 싸움하던 어느 날 저녁, 어찌 연락됐는지 /권총을 비껴차고 O 순경이 굳은 얼굴로 나타났다. / 어떤 일이 있어도 가정은 지키겠다던 결심이 / 이쯤에서 무너져 버렸다.

언젠가 그가 여자와 '헤어지는 방법'에 대하여 진지하게 상의해온 적이 있었다. 그때 말렸던 것이 못내 후회스럽다. 이런 정도의 여자인 줄 알았더라면 헤어지기를 권했을 것이다. 한 번 사는 인생, 누구나 행복하게 살아야 할 것이기 때문이다. 서로 맞지 않는 인간관계는, 어떤 희생을 감수하더라도 서둘러 갈라서는 것이 현명한 처사라 생각된다. 이 글을 받던 날 술에 취했는지 이야기에 취했는지 비틀거리며 내려오던 우리 두 사람의 배낭 위에는, 어느새 가로등 불빛이 내려앉아 있었다. 그가 하늘로 간 뒤, '삶은 비애.'라는 사실을 놓고 토론하던 그곳을 찾았다. 빈 자리에는 잠간 머물다 떠난 바람이 있고, 그 바람이 남기고 간 멍한 그리움만 남아 있었다.

우리 꽃잎 세대도 마지막 비행을 가볍고 즐겁게 하려면, 세월이 변했음을 알아야 한다. 변한 세상에 적응하여 삶의 짐, 자식의 무게를 내려놓고 자유로운 마음 자세로 자신에 다가선 삶을 살아야 될 것 같다.

5부
독자가 왕이다

갑질

오늘은 하늘도 잔뜩 찌푸리고 장맛비를 뿌리면서 갑질을 하고 있다. 요즘 우리 사회에 유행처럼 떠도는 단어가 '갑질'이다. 이 죄는 여러 가지 죄 중에 가장 악질적인 죄 중의 하나로 받아들여진다. 차제에, 요즘 말썽 많은 '갑질'들이 공정하게 처리되고 있는지 살펴볼 일이다. 옛날에는 조용하던 갑질이 왜 요즘에 사회 쟁점이 되었으며 그 해결책은 또 무엇일까.

현재 우리 사회는 경제적 기준으로 신분의 차등의식이 만들어졌다. 가난했던 시절의 갑과 을의 조화로운 어울림은 사라지고, 빈부의 격차가 점점 고착화되면서, 서로 다른 입장을 경험해 보지 못하여 불통의 시대가 되어버렸다. 다른 계층의 삶을 서로 이해하지 못한다. 이 불통의 사회는 사람 중심이 아닌, 물질만능의 성장 위주로 내달린 결과이다. 또한 이기적이고 독선적인 교육 환경도 한몫을 했다고 본다. 가장 중심에 있어야 할 '사람'이 경제에 묻힌 결과, 계급의식이 형성되고 '갑질'과 같은 사회적 병리 현상이 생겨난 것이다.

갑질은 직장에서 상사나 고객, 학교 선후배, 군부대 내에, 어디에서나 일어날 수 있다. 얼마 전에 모 백화점에서 갑의 위치에 있는 여인이, 주차 안내원을 무릎꿇려 놓고 호통치는 모습은 갑질의 표본이었다. 을의 인격마저 짓밟는 행위에 사회적인 비난은 당연한 것이었다. 최근에는 모 항공재벌의 여식들과 그 부인의 갑질에 사회적인 분노가 끓고 있다. 이들의 행태에 조금도 동정하고 싶은 생각은 없다. 하지만 이들의 죄가 구속수사하고, 기업 전체를 압수 수색해야 하는 죄인가. 회사의 운영권 박탈을 거론해야 하는 죄목인가. 포토라인에 선 재벌 총수의 일그러진 얼굴에는 여러 생각으로 착잡하겠으나, 죄보다 벌이 너무 가혹하다는 표정이 내 눈에는 보인다.

'직장갑질 119'를 시민단체에서 출범시켰다(17년 11월). 산업안전 보건법(18년 4월 공포)도 만들어져 갑질 규정 및 직장 내 괴롭힘에 대한 처벌 규정을 확립함으로써 근로자의 인격을 보호하려 노력하고 있다. 사안을 처리할 때에는 을의 이차적인 피해까지 살펴야 하고, 갑에게도 감정이 개입되지 않은 공정한 법질서가 적용되도록 해야 될 것이다. 알고 보면, 갑질이 아닌데 오해에서 비롯된 피해의식을 갑질로 대응하려는 소위 을질도 사실관계를 정확히 가려야 할 일이다.('을질'은 병 계층에 대한 을의 횡포를 일컫는 용어로도 쓰임)

갑질인지 판단 기준은 인격적인 모독과 폭행이 있었는가, 하는 것이 중요한 잣대가 되지 않을까 싶다. 사회생활에서 필연적으로 발생하는 상급자의 정당한 질책을 모두 갑질로 몰아서는 안 될 것이다. 전공의 시절에 한 번 큰실수를 한 적이 있었다. 저녁 당직을 설 때 술이 취하여 응급실에서 간호 감독을 끌어안고 빙빙 돌았는데, 다음 날 과장한테 혼이 났다. 선생님은 미국에서 공부한 분답게 웃으면서 말씀하셨지만, 크게 반성할 수 있도록 요점을 짚어 짧게 지적하셨고, 나는 인격적으로 무시당했다는 생각이 들지 않았다. 이것이 선진사회의 문화라고 기억한다.

인류뿐 아니라 동물들의 사회도 갑과 을의 관계가 형성되어 있다. 맹수들과 약한 동물들 간의 먹이사슬로 이어지는 생태를, 우리는 TV 프로 〈동물의 왕국〉에서 본다. 생각하는 뇌(Brain)가 있어 고등동물이라는 인간사회에서는 갑과 을의 관계를 서로 이해하고 보완하는 구조로 발전시켜야 될 것이다. 고도 성장시대에 유행하던 '억울하면 출세하라.'는 말은 갑을 인정하는 말투가 아닌가. '고객은 왕이다.'라는 말도 고객으로 하여금 갑질 욕구를 부추기는 느낌이다. 성숙한 사회로 가면서, 이런 용어들은 어울리지 않는 표현들이 되었다.

이 사회 부조리를 없애려면 물질 만능의, 계층 의식에서 인본주의(人本主義) 사상을 회복하는 길이 급선무가 아닐까. 사람의 인격을 존중하는 사회로 복귀하는 것이 무엇보다 핵심적인 요소라 생각한다. 우리의 교육도 '돈이 곧 성공이다.', '꼭 일등을 해라.' 대신에 더불어 사는 방법과 행복해지는 길을 가르쳐야겠다. 뿐 아니라, 행복사회로 가려면, 상위계층의 노블리스 오블리주 정신과, 중위와 하위계층 간의 이해와 배려가 필요하다는 생각이다. 진정한 갑은 '질'을 하지 않는다.

꽃비

4월에 접어들자 가는 곳마다 벚꽃이 만개하여 꽃 잔치를 벌이더니, 달이 바뀌기도 전에 봄바람에 꽃비가 내린다. 수만의 나비 떼처럼 하르르 쏟아지는 꽃잎 뒤에는 벌써 파릇한 잎새들이 나뭇가지마다 일어서고 있다. 마치 세대를 이어받는 모습이다. 허공에 분분히 쏟아져 내리는 꽃잎들이, 한때 몸을 불사르며 뜀박질하던 우리 세대의 자화상처럼 느껴진다.

어려서 일제의 해방을 맞았고, 초등학교 때 6·25전란을 당했던, 폐허에서 일어선 세대이다. 늘 배가 고팠고 먹기 위해서 일해야 했던 단순한 시절이었다. 나라와 밥을 위해서 수백 미터 남의 나라 땅속에서 탄광 일을 하였고, 시체를 닦았고, 타국의 전쟁터에서 목숨도 잃어야 했다. 뜨거운 열사의 나라에서 산업 역군으로 땀 흘렸던, 꽃처럼 순진했던 세대이다. 평생 쉬지 않고 일해서 자신들도 먹고살 만해졌고, 나라 경제도 세계 10대 경제 대국이라는 평을 듣는 오늘이 있게 한 세대이다. 자식에게는 말 없는 사랑을 전했고, 부모를 생명처럼 모시던 가족애로 뭉쳐진 시절이었다.

저 벚나무 가지마다 파랗게 돋아나는 잎새들처럼 이제 자식 세대가 도래

181

한 것이다. 이들 앞에 닥친 사회 환경은 녹녹치가 않다. 공부를 마치자 취업이 되던 시대에서 취업하기 힘든 사회로, 서로 돕고 살던 분위기에서 끝없이 경쟁하는 상황으로 바뀐 것이다. 우후죽순처럼 생겨난 대학들이 젊은이들을 모두 고급 인력으로 만들어, 땀 흘리는 힘든 일은 모두 외국 인력이 감당해야 하는, 바람직하지 않은 산업구조가 되어 버렸다. 공부만 마치면 부지런히 일해서 부모님께 효도하겠다던 지난날의 자식들은 사라지고, 세월 없이 부모에게 의지하는 세대로 변해버렸다.

효(孝)의 개념이 퇴색해버린, 잎새 세대가 도래한 것이다. 꽃잎 세대가 계속 이어지리라 생각하고 자식들 뒷바라지에 전념한 후에, 이제는 그들이 돌봐주겠지 기대하던 세대는 기댈 곳이 없어졌다. OECD 국가 중에 노인 빈곤율이 압도적 1위(50%), 노인 자살률도 1위를 기록하면서 절름발이 사회가 되었다. 얼마전 대학의 젊은이들 의식 조사에서 '부모의 향년이 몇 년이면 적당하겠는가?'라고 물으니, 열심히 일하고 나서 은퇴할 시기쯤(63세)으로 답하는 것을 보고 놀랐다. 삶의 짐을 내려놓은 후, 부모 세대의 편안한 은퇴 생활을 바라지 않는 것이다. 며칠 전 들렀던 카페에서, 옆자리에 앉았던 두 젊은이가 임박한 부친의 작고를 슬퍼하기는커녕, 그 유산 처리를 열심히 따져보는 대화를 듣고 깊은 상념에 빠져들었다.

요즘 젊은이들에게는 효라는 말 자체가 거부감을 준다. 부모 자식 간에 좋은 인간관계로 소통할 수만 있다면 행복하다고 생각해야 하는 시대이다. 오래전에 미국으로 이민 간 부부가, 외동딸을 법대에 넣고 변호사 되기를 학수고대했는데, 코앞에서 컴퓨터공학으로 전공을 바꾸려는 딸 때문에 집안이 매일 우수에 잠긴다는 소식을 들었다. 자식을 내 생각대로 성공시켜야 된다는 생각, 자식에게 재산을 물려줘야 한다는 생각들을 미련 없이 버려야 할 때인 것이다.

동물이나 새들도 때가 되면 새끼들을 모두 떠나보낸다지 않던가. 어느 정도 자란 후에는, 옆에서 가만히 바라볼 일이다. 그들 잎새들도 세월 따라 빨갛게 물들어 맑은 가을 하늘 아래 곱게 지지 않겠는가. 우리 꽃잎 세대도 마지막 비행을 가볍고 즐겁게 하려면, 세월이 변했음을 알아야 한다. 변한 세상에 적응하여 삶의 짐, 자식의 무게를 내려놓고 자유로운 마음 자세로 자신에 다가선 삶을 살아야 될 것 같다.

독자가 왕이다

'읽히지 않는 글은 죽은 글이다'라는 평론을 읽은 기억이 난다. 전문적인 학술논문은 다르겠지만, 문학 작품은 많은 독자들이 읽어야 빛이 날 것이다. 이번에, 살아온 인생을 돌아보는 심정으로 써낸 시집과 수필집을 배부한 후 여러 곳에서 돌아오는 반응을 보면서, 독자들은 칼날같이 예리하고 불꽃놀이만큼 색깔이 다양하다는 것을 실감하였다.

초등학교 동기인 N 교수는 시, 「사부곡」을 읽고 본인의 생애와 비교하면서 몹시 가슴이 아팠다는 전화이다. 중학생 때부터 아버지 말씀을 잘 듣고 자란 내 경우와 달리, 본인은 속을 많이 썩여 드린 것이 한이 된다는 것이다. 전에는 산소에 가서 "이 불효자식을 용서해 주십시오."라고 고(告)했는데, 뵐 날이 가까워진 요즘에는 "이 불효자식을 용서하지 마시고 벌을 내려주십시오."라고, 통곡하고 돌아온다고 했다. 아들이 대학교수로 반듯하게 살아왔으니, 그의 선친은 벌써 용서하셨을 것이다.

중학 동창인 K 사장은 글 내용이 본인이 살아온 성장 과정과 너무 비슷한 점이 많아 감명 깊게 읽었다고 한다. 아직도 중견기업을 튼튼하게 경영하는 그는, 동창 몇 명을 초대하여 책 출간을 축하하는 모임을 마련해 주었다. 그 시절 부모들은 여러 자식의 학비를 동시에 댈 수 없는 경제 사정이었기에, 형 공부시키려면 동생들은 휴학을 해야 하는 형편이었다. 지금은 상상도 할 수 없는 고생길이었다.

신문사 편집국장을 역임한 고교 동기 S는 시「인생」을 읽고 가슴이 확 트이는 감동을 받았다고, 전화기를 잡고 격려의 말을 보낸다. 국어 교사를 역임한 수필가 L은 대전 동기회장을 장기집권하면서 매월 모임을 알리는 회보에 시「만추」를 올려놓았다. 두고두고 된장찌개 맛보듯 해야겠다는 너스레이다.

대학 동기 중엔 똑똑하기로 정평이 나 있는 S 박사에게서 장시간의 전화를 받았다. 무엇보다 미사여구로 꾸미려는 경향이 없이 솔직담백하게 써 내려간 글들이 가슴에 와 닿는다고 했다. 다른 이들처럼 아름다운 표현을 써보려고 해도 재주가 없고 어려워서 못한 것이, 오히려 좋다는 것이다. 하지만 적재적소에 알맞게 쓴 아름다운 표현들이 주옥같은 수필을 만들어 준다는 생각에는 변함이 없다.

격려와 칭찬의 말들이 많지만 이는 새겨들어야 할 대목이다. 반면에 쓴 충고를 해주는 가까운 친구들도 있었다. 글 중에 '양주를 마신다.'는 표현이 많이 나오는데 독자들이 '이 사람, 부르주아 아닌가.'라고 상상할 것이다. 또 너무 솔직하여 '이 사람 바람둥이 아닌가.'라고 생각할 수도 있다고 했다. 이런 충고를 듣고 보니 글 쓰기란 것이 참으로 어렵고 조심스럽다는 생각이 든다.

혹시나 궁금하여 인터넷을 훑어보았다. 시「가을이 오면」과「가을이 저물어」가 카페에 올라와 있다. 젊은이들은 감성적인 글을 좋아하는가 보다. 직접 알지 못하는 문우 한 분은 내 수필을 읽고서, 장문의 독후감을 칭찬의 말로 올려 주시어 감격하였다. 그분의 수필집을 얻어서 읽어보니, 구절마다 감동이었다. 어떤 이는 시 중에 띄어쓰기 틀린 것까지 메일로 지적해 온다. 책을 처녀 출간하면서 자신도 없고 부끄럽기도 했는데, 의외로 많은 사람들이 읽고 있다는 사실과 예리한 눈으로 분석한다는 사실에 놀랐다. 단풍이 곱게 물드는 공원길을 걸으면서 '독자가 참 무섭다.'라는 상념에 옷깃을 여민다.

　　저녁에 양주동 선생님의 '웃음설'이란 수필을 읽다 생
각해 보니, 근래에 웃음소리를 들어본 기억이 없다. 어릴 적에는 많이 들으
며 살았다. 누나들의 '하하 호호', 아버지의 '허허', 선생님의 '껄껄' 웃으시는
소리, 친구들의 낄낄대는 소리도 많이 들었다. 웃음소리가 사라진 요즘, 우
리 사회는 정이 없고 살벌한 세상처럼 느껴진다.

　사춘기 때는 나뭇잎이 떨어지는 것만 봐도 웃음이 나온다고 했다. 하도 많
이 웃으니까 아버지께서 치자다소(痴子多笑), 어리석은 자가 웃음이 많은 법
이라 이르시며 웃음을 절제하도록 일러 주셨었다. 그래도 지금처럼 웃음이
메마르지 않았다. 현대를 사는 사람들은 웃지도 않고 남에게 별 관심도 없
이 살아가는 듯하다. 지하철 안에서도 모두 휴대폰에 눈을 고정 시키고, 주
위 사람에게는 아무런 눈길도 주지 않는다. 심지어는 횡단보도를 건너면서
도 손에 휴대폰을 들여다보며 걷는다. 아날로그에서 디지털 시대로 넘어오
면서 인간관계도 모두 기계화 되는 것인가.

　뉴스에서 각료들 회의 모습을 봐도 모두 입을 꽉 다문 근엄한 모습들이
고, 심지어 어떤 이는 무엇이 그렇게 못마땅한지 이마에 내 천자를 듬뿍 긋

고 앉아있다. 어저께는 모처럼 만에 임명권자 옆에 앉은 모 수석이 빙긋, 잠시 웃음을 띠었는데 아부하는 웃음으로 보이는 것은, 요즘 수없이 들려오는 뒷말 때문인 듯하다. 웃음에는 남을 비웃는 조소(嘲笑), 아첨하는 첨소(諂笑), 씁쓸한 고소(苦笑), 살짝 웃는 미소(微笑)들이 있으나, 아쉬운 것은 그저 명랑 쾌활한 '허허 하하' 순박하고 단순한 웃음이다. 서먹하고 우울한 분위기에서도 한사람의 허심탄회한 웃음소리는 모두를 금방 밝게 만들어 주지 않는가. 햇볕처럼 화사한 미소는 온 세상을 밝히는 천사와도 같다.

TV를 도배하는 드라마에서도 순수한 웃음소리는 사라진지 오래다. 모두 자기만을 위한 시커먼 속내를 감추고, 아첨하거나 비웃는 웃음뿐이다. 이런 방송을 열심히 보고 있는 시청자가 안됐다는 생각이 든다. 심지어는 코미디 프로에서도 자연적인 편안한 웃음은 찾아보기 힘들다. 개그맨들이 소리를 지르거나 악을 쓰고, 어떤 때는 갑자기 사람을 때려서 억지로 웃기는 모양새다. 이런 매스컴은 사람들의 정신세계를 자극하여 점점 더 날카롭게 만들어, 순박한 웃음도 빼앗아가고 정서도 메마르게 만드는 것 같다. 옛날의 구봉서 배삼용이 그리워진다.

원래 우리 민족은 하늘만 쳐다보는 낙천적인 농업 국가로서 웃음이 많은 겨레였다. 디지털 문화 시대라 해도 웃음을 잃지 말고 살아야겠다. '웃으면 복이 온다'고 한다. 웃음은 또한 우리 몸에 면역력을 증강시켜 건강을 유지하는 힘을 준다는 것이다. 상큼한 이 가을에 창문을 열면 서늘한 바람이 불어오고, 마음을 열면 행복이 들어온다. 마음을 열고 웃어야 내 행운도 미소 짓고 찾아올 터, 웃는 내 표정이 곧 행운의 얼굴이다. 저녁상을 받아놓고 집집마다 웃음소리가 흘러나와야, 우리가 걷는 길에도 손잡는 힘이 생길 것이다.

어느 가을날의 기도 1

계속되던 여름날의 폭염은 가을비를 며칠 뿌리며 누그러지고, 아침저녁에는 제법 선선한 기운까지 돈다. 이번 가을에는 어느 해보다 알차고 행복하게 보내려 했는데, 서막부터 심상치 않은 문제들이 찾아온다. 사람은 슬프고 불행할 때에 주로 사유(思惟)에 잠기고 인생을 생각하게 된다고 한다. 행복하고 잘나갈 때는 별생각 없이 세월을 보낸다. 나라도 불행한 일을 많이 겪은 나라가 역사가 많고, 무난하고 행복하게 지낸 경우에는 역사거리가 별로 없다는 말이 있다.

"여보, 이리 좀 와봐요." 들려오는 소리가 심상치 않아, 서둘러 가보니 아내가 마루에 널브러져 있다. 왼쪽 발목이 부어오른다. 살펴보니 그 부위의 인대 손상인 것 같다. 밤새도록 얼음찜질을 해 주었다. 운전을 하는 그녀가 다쳤으니, 택시를 불러 타고 병원에 갈 수밖에 없었다. 가까운 정형외과에 가서 X-ray를 찍어 필름을 보는데, 종골(뒤꿈치 뼈)에 골절상이다. 많이 어긋나지 않아, 석고 고정 치료를 받고 돌아왔다. 이제는 밥상 차리는 것부터 내가 담당할 수밖에 없었다. 가정일이 이렇게 끝도 없이 자질구레하면서 많은 줄을 미처 몰랐었다. 그 긴 세월 조용히 감당해 온 아내가 무척 고맙고 소중하게 느껴졌다.

노년에 건강 유지에 제일 조심해야 할 것이 낙상이라 하지 않았나. 의자 놓고 올라가는 것이 제일 금기라 강조해온 내게, 말 들을까 봐 의자에서 떨어졌다는 말을 못 했다 한다. 겹질렸는가 묻는 말에 그렇다고 하여 처음에 인대 손상으로 오진하게 만든 것이다. 다치는 건 순식간이다. 운명적이지 싶은 느낌마저 든다. 노년에 잘 오는 대퇴골 경부 골절 같은 중상(重傷)이 아니고, 수술을 하지 않는 것만으로 불행 중 다행으로 알고 지내보자고 안심시켜야 했다.

수일 전부터 내 좌측 가슴에 흉통이 가끔씩 오더니, 며칠 전부터는 점점 심해진다. 오늘 새벽에는 이 가슴 통증이 30분 이상 계속된다. "여보 아무래도 오늘은 병원에 가 봐야 될 것 같네." 심장 관상동맥의 협착증이 있어 작년 12월에 스텐트를 하나 박고 약을 먹는 중이었다. 아내는 주말이니 아들을 데리고 가라 한다. 운전할 사람이 못하게 되었으니, 아들 생각을 못하고 대중교통으로 가려고 했다. 급할 때에는 항상 여자 머리가 빨리 돈다. 아들은 제백사하고 차를 가지고 왔다.

관상동맥에 스텐트를 박았던 S 대 병원 응급실에 가니 심장 CT를 비롯하여 여러 가지 검사를 했다. 그런 후 별로 심하지 않으니 돌아가서 예약된 진료일에 외래 진료를 받으면 되겠다고 말한다. 이때에 "처방약 중에 간 기능에 영향이 있을 약 하나를 저녁에는 빼고 먹었다."고 내가 솔직한? 말을 하였다. 전공의인 듯 한 담당의가 조금 후에 다시 오더니 "그 약이 스텐트 박은 동맥의 혈전을 방지해 주는 중요한 약인데, 그렇다면 입원해야 된다."고 얼굴이 벌겋다.

얼마를 기다려 단기 응급입원실이란 병실에 입원하였다. 날씨도 비가 오다 흐리다 한다. 잠시 눈을 부친 꿈길 속에서 불길한 영상들이 스친다. 입원실 창문 밖으로 보이는 하늘에는 시커먼 먹구름이 떼를 지어 흘러간다. 이들이 마치 집에서 시커멓게 속 태우고 있을 아내의 마음을 대변해 주는 것 같았다. 이 며칠 사이에 아내는 골절상을 입어 목발 짚는 몸이 되었고, 나는 심장 스텐트 박은 곳에 아마도 스텐트를 더 박아야 하는 위험한 시술을 받아야 하는 신세가 되었다. 불행은 쌍으로 온다는 말이 생각났다. 지난 며칠간 거실 밖에, 공원 소나무를 이리저리 날아다니며 유난히 까악까악 짖어대던 까마귀 소리도 마음에 걸린다.

시술받기 전날 저녁 병원에 와 있던 아들과 딸에게, 마무리되어가는 유언장 내용을 알려 주면서, 살아온 인생을 잠시 돌아본다. '이런 시련이 닥쳐와도, 지금까지 잘 살아온 것에 대한 감사한 마음을 잃지 않도록 지혜를 주옵소서. 이 가을의 서막에 연속되는 고난을 주시는 것이 하느님의 뜻입니까? 이것이 피할 수 없는 운명이라면 차분히 겪어 내겠습니다. 지금 진행하고 있는 시집과 수필집이 완성되어 친구와 친척들에게 내 이야기를 고루 전해줄 수 있는 시간을 주십시오.'라고 기구하고 있었다. 부슬부슬 창틀에 맺히는 빗방울들이 이 늙은이를 슬픈 가을날의 기도에 젖어들게 하였다.

단기 응급입원실에서 주말 2박을 한 후 월요일에 순환기 내과 시술실로 바로 가게 된다고 한다. 여기 주치의는 응급의학과 의사이고, 실제로 진료를 담당할 순환기 내과 의사는 이쪽으로 오지 않는다고 했다. 자기가 시술할 환자를 사전에 한 번도 안 보고, 보자마자 돼지 잡듯 시술을 한단 말인가. 아무리 생각해 보아도 잘 못된 시스템이다. '70~80'년대 내가 종합병원에 근무할 때에는 수술(혹은 시술)할 환자가 있으면 사전에 회진하여 점검사항을 체크하고, 환자와 면담을 통해서 치료에 대한 설명도 해 주었다. 이것이 정상적인 절차이다.

환자가 요구할 수 있는 권리라 생각되어, 순환기 내과 의사와 면담을 요구하였다. 시술 전날 그와의 면담이 이루어졌고, 간호사실에서는 이것이 특별 배려인 것으로 여겼다. 아무리 응급실을 통하여 들어온 환자이지만 이런 처리 과정은 잘못된 것이란 생각이다. 응급실에서 응급의학과 의사들이 진찰과 검사를 통하여 해당 진료과가 정해지면 환자 진료 자체를 속히 해당 과로 넘겨야 할 것이다.* 이번 경험을 통해 보니 부득이한 경우가 아니면 응급실 진료는 안 받는 것이 좋겠다는 생각이 들었다. 월요일 오전에 순환기 내과 시술실로 옮겨졌다.

이동 침대에 누워 스텐트시술 여부를 결정할 혈관 조영술을 대기하고 있는 동안에 특진을 신청하여 진료받아 오던 K 교수가 지나간다. "교수님, 이번 시술은 직접 좀 해 주세요"라고 청하니 "알았습니다" 하고 웃는다. 전임의들이 카데터를 집어넣고 이리저리 심장의 관상동맥 상태를 비춰 본다. 심장은 자동차의 모터에 해당되니 이것이 꺼지면 끝나는 것이다. 이쯤 되니 암으로 폐 수술을 받은 것은 걱정도 아니다.

K 교수가 나타난다. "아무런 이상 없습니다. 전번에 빼고 복용했다는 약은 계속 빼고 드셔도 됩니다." 약 복용을 소홀히 하였기에 입원해야 된다고 낯을 붉히던 전공의가 떠오른다. 실수하던 나의 전공의 시절도 있었기에 쓴웃음이 나온다. K 교수는 옆방에서 모니터를 통하여 모두 지휘하고 있었던 것이다. 지난번 시술 시에 중간에 한 번 들여다보고 사라져, 직접 해주지 않은 것으로 알고 불만이 있었던 터였다. 지난 오해까지 풀어지니 두 배로 고맙다. 오늘 당일에 퇴원해도 되는 가고 물으니 '퇴원해도 된다'고 한다.

마치 요단 강가에서 되돌아오는 느낌이었고, 가슴 통증은 한 번에 사라졌다. 진정 모든 것은 마음먹기에 달려있는 것인가. 응급 병실로 돌아왔다. 여기 간호사들은 친절한 분도 있지만, 일반적으로 다른 병실 간호사들에 비하여 불친절하고 환자위에 군림하려는 태도까지 보인다. 시술을 담당했던 K 교수가 퇴원해도 된다고 하니 퇴원할 수 있도록 주치의 면회를 신청했다. 무려 4시간이 경과하는 데도 그가 바쁘다는 이유로 소식이 없다. 두어 번 재촉을 하니 인상이 신경질적으로 생긴 간호사가 와서 팔에 혈압기를 매놓고 바람을 불어넣은 후 혈압은 보지도 않고 가버린다. 이는 환자를 그 자리에 감금하는 모양새다. 가만히 생각해 보니 화가 머리끝까지 났지만 참았다. 네 시간이 지난 후 주치의가 와서 퇴원 수속을 진행해 주겠다고 했다.

그 후 시간이 지나도 간호사실에서 소식이 없다. 나가서 어떻게 진행되는지 물으니 혈압기 매놓고 나간 담당 간호사가 "하루 더 입원하고 경과를 보자"라고 엉뚱한 소리를 한다. 화를 안내는 사람은 군자요, 화를 낼 줄 모르는 사람은 바보라고 했던가. 소리를 질렀다. "바람만 불어 넣으면, 보지 않아도 혈압이 재지나? 주치의가 퇴원 수속을 진행해 준다고 했는데 왜 딴 소린가. 해도 너무 하지 않은가?" 병실이 울리도록 큰소리였고, 마침 그때 간호 감독도 거기에 있었다. 그제야 그 간호사는 얼굴에 잔뜩 긋고 다니던 내천 자를 풀고 고분고분 수속을 밟아준다. 도무지 자기 직업에 대한 철학이 보이지 않는다. 자신이 환자들을 위하여 그 자리에 있다는 생각을 못 하는 것 같았다.

가을의 서막부터 불행이 몰려오려나, 염려했던 것들이 풀리면서 감사한 마음으로 택시를 탔다. 추적추적 비 내리는 가을날, 귀가하면서 생각해 본다. 의업에 종사하는 사람들은 의사이건 간호사이건, 병고에 시달리는 환자를 따뜻한 마음으로 돌보고 보듬어줄 마음 자세가 되어 있어야 한다. 진심 어린 마음으로 기도를 올린다. '이 나이팅게일들의 가슴에, 아파서 고생하는 모든 이들을 끌어안는 따뜻한 마음이 깃들도록 하소서. 그녀들이, 대하는 많은 환자로부터 감사의 인사를 받을 수 있게 인도하여 주소서'.

---

* 이 몇 개월 후, S대 병원 응급실 운영 시스템의 개선책이 발표되었다.

심웅석 수필집 | 친구를 찾아서

성희롱이나 폭력은 사회에서 없어져야 한다. 피해자는 그 악몽을 안고 평생을 좌절과 슬픔으로, 날기를 잊어버린 새가 되어 살아갈 것이다. 집단 성폭력을 당한 일 때문에 항상 얼굴에 그늘이 져서 살아가는 여성을 본 일은, 생각만 해도 먹구름이 내려앉은 어두운 세상이었다. 가해자를 가차 없이 엄벌에 처해야 된다는 소견에는 모두 박수를 칠 것이다. 하지만 요즘 우리 사회에서 전개되고 있는 '미투' 운동에는 몇 가지 문제점이 있다고 본다.

성희롱-폭력은 그 당시에 따질 일이다. 여러 해가 지난 후, 기억을 더듬어서 매스컴에 공표하는 방식은 문제가 있다고 본다. 권력형 성폭력도 그렇다. 지금은 없어서 굶어죽는 시대가 아니기에, 미성년자나 지적장애자가 아니라면, 또 생명의 위협을 받은 것이 아니라면, 피해 당사자에게도 일부 책임이 있다고 본다. 우리 선대에선 정조를 목숨보다 더 중하게 지키면서 살지 않았나. 거절의 의사를 강하고 확실하게 한다면, 많은 경우 미투는 방지될 것이라 생각한다.

법을 적용할 때 시대적인 잣대도 감안해야 될 것이다. 지난날에는 남존여비의 사상이 관습화되었었고, 행세깨나 하는 집안에서는 처첩을 거느려야 구색이 맞지 않았던가. 음담패설을 잘하는 사람은, 유머가 있고 재미있는 사람이라 하지 않았나. 지난 일을 현재의 잣대로만 잰다면 무리가 따를 것이다. 미국에 처음 갈 때, 어린아이들을 예쁘다고 손으로 쓰다듬어 주지 말라는 주의를 들었다. 성추행이라는 것이다. 우리 사회가 서양화되면서 서양식 잣대로 보려는 경향도 보인다.

성범죄는 남자들만의 전유물이 아니다. 지방 병원에 근무할 때, 한 입원환자의 부인이 '의사 선생님을 접대해 드리라.'고 남편이 보낸다면서, 내 하숙집으로 찾아오겠다고 했다. 내 방에서 빨리 내보낼 궁리 끝에, 독감이 심하여 누워있다고, 침대에 누워있었다. 선물을 싸 들고 들어온 이 미모의 부인은 망설임도 없이 "무슨 남자가 겁이 이렇게 많아." 하면서 침대 위로 쳐들어오는 것이 아닌가. 그뿐 아니라 우리 사회에는 의외로 많은 '꽃뱀'들이 있다는 사실도 알아야 할 것이다. 다 지난 일을, 무슨 목적을 가지고 새삼스럽게 폭로한다면 꽃뱀과 무엇이 다른가. 이런 일을 정치적으로 이용한다는 소문도 끊임없이 돌아다닌다.

공자는 이 세상, 삼천 가지 죄 중에 불효가 으뜸이라 했다지만, 지금 우리가 다루는 미투(MEE TOO) 사건들은 이보다 더 큰 중죄로 다루는 듯하다. 사안을 정밀하고 공정하게 조사하여 억울한 사람이 없어야 될 것이다. 죄가 확실히 판정나기 전까지는, 비밀리에 조사가 진행돼야 하지 않을까. 앞뒤를 따져보기도 전에 매스컴에 퍼뜨려, 당사자들의 인권을 밟아버리는 마녀사냥을 계속해도 좋은가. 아침 뉴스에 보니 〈성폭력 피해자 불명예-편견 우려

〉라고 유엔에서 한국에 인권 대책을 세우라 권고했다는 소식이다.

　체계도 없고 전문가도 없다. 피해자, 가해자의 가족들이 받을 2차 피해는 설 곳이 없다. 망연자실 상처받고 있는 양측 가족들이 전문 인력의 도움을 받아 생활의 활력을 다시 찾을 수 있어야 한다. 요즘은 직장에서도 가능하면 회식 자리를 피하고, 회식 후에는 2차를 하지 않는다고 들었다. 이래서야 우리 사회가 매일 서리 내리고 찬 바람 부는 으스스한 분위기가 아닌가. 미투 운동은 순수한 사회 정화 운동으로 자리 잡아야 될 것이다. 하루속히 합리적인 처리 기준이 나와, 안심하고 악수도 하고 포옹도 하고, '위하여.'를 외치며, 정이 넘치는 활력 사회로 나아가야 하겠다.

오늘은 오 년 여 만에 반팔 T-셔츠 차림으로 거리에 나왔다. 오랜만에 반팔만 걸치고 길에 나서보니 말복을 앞둔 한여름 복더위에도 시원상쾌할 뿐, 더위를 느끼지 못하겠다. 그동안에는 아무리 더워도 긴팔 옷을 걸쳐야 밖에 나갈 수 있었다. 바람까지 살랑 불어, 오월의 덩굴장미 길을 걷는 기분까지 들었다.

수술을 받고 병원에 다니면서 체중이 10kg 가량 빠졌다. 살이 너무 빠져서 공중목욕탕에 가려면, 사람들이 한가한 시간을 택하여 가고는 하였다. 한번은 집에서 샤워한 후 거울 앞에 서니 상박부에 살이 빠져서 겨드랑이 아래로 주름이 여러 가닥 잡혀 있는 것이 아닌가. 상체 운동을 위하여 간단한 기구로 탄력 운동을 계속해도 그 뿐이었다. 옛날에는 등산 후 공중목욕탕에 가면, 친구들이 몸매를 보고 부러워하던 시절도 있지 않았던가.

지금은 아내가 식사에 특별히 신경을 쓰면서 체중이 60kg 이상은 유지되고 있으나, 상박부의 처진 주름 때문에 반팔을 입고 외출할 엄두를 내지 못하고 있었다. 앞으로 여생을 긴팔로 다녀야 되리라 생각하고 의기소침하여 지냈다. 한데 며칠 전 둔치 길을 걷다가 운동틀에서 운동하는 할머니를 보니, 거기에도 상박부에 나 같은 주름살이 쳐져 있지 않은가? 더 걷다가 맨 팔로 걸어오는 할매를 보니, 거기도 겨드랑이 밑으로 주름이 잡혀있다. 무슨 큰 발견이라도 한 듯 충격이었다.

며칠간 생각하고 거울 앞에 다시 서 보기도 했다. 이것은 노인들의 자연적인 늙는 모습이라는 생각에 이르렀다. 지병이 없어도, 나이를 먹으면서 자연히 체중도 빠지고 주름도 잡히는 것이다. 오늘이 제일 덥다는 뉴스를 보며 반팔 차림으로 용기 있게 나섰다. 아내가 문화 교실에 나간 날이기에, 동네에 나가 콩국수 점심을 먹으려고 반팔 차림으로 나온 것이다. 실로 오랜만에 팔을 노출시키고 활보를 하니, 날아갈 것 같은 기분에 세상이 모두 활기차게 보인다. 다시 태어난 기분까지 든다.

햇볕을 피부에 쬐어 주면 우리 몸에 비타민 D를 합성시켜 주고, 체내 T세포를 활성화하여 면역력을 증강시켜 준다. 이처럼 비타민 D는 뼈를 튼튼하게 해 주는 외에, 암이나 염증을 막아주는 면역력을 증강시키고, 노년에 근육 형성에도 도움을 준다 하니 햇볕이 얼마나 좋은 것인가. 평소에 건강을 지키려면, 충분한 휴식과 올바른 식이요법이 중요하다. 더하여 자외선이 심하지 않은 시간에 햇볕을 받으며 하루 20~30분씩 가볍게 걸어 주면 금상첨화일 것이다. 창문을 통한 햇볕은 효과가 없다.

방송에서는 '더위가 심하니 노약자들은 외출을 삼가라' 하지만, 돌아오는 오후 해거름 시간에 아파트 분수대 정원을 계속 돌아, 오늘의 운동량을 채웠다. 늙음의 자연 현상임을 받아들이고 생각을 바꾸니, 즐겁고 가벼운 마음이다. 내일도 모레도 계속 이런 차림으로 둔치 길을 신나게 걸어야겠다. 솔솔 불어오는 산들바람이 짧은 내 반팔을 휘감고 들어와 정답게 앞가슴에 안긴다.

우산 속에서

    병원에서 귀가하는 길이었다. 밖에는 일기예보대로 빗방울이 택시 유리창에 후드득 떨어지기 시작하였다. 나이 지긋한 개인택시 기사는 내가 병원에서 치료받는 내용과 귀가하는 길을 묻더니, 버스 환승 장에 내릴 때 "잠시 기다리시지요, 여기 우산이 하나 있는데 갖고 가시지요."라며 우산 하나를 트렁크에서 꺼내 주었다. 치료 내용이 묵직하다는 것을 알고 동정심이 작용한 것 같았다. 받아보니 훤히 비치는 비닐우산이다. 어린 시절이 보이면서, 우산에 대한 생각에 잠긴다.

    우산도 여러 가지다. '사랑이란 한쪽 어깨가 젖는데도 하나의 우산을 둘이 함께 쓰는 것이다.' 김수환 추기경의 말씀이다. '이슬비 내리는 이른 아침에 우산 셋이 나란히 ~'라는 동요를 생각하면, 철없고 행복했던 어린 시절이 생각난다. '비 내리는 덕수궁 돌담장 길을, 우산 없이 혼자서 ~'란 노래 가사를 떠올리면 애인을 떠나보낸, 외로운 사나이가 보인다. 비를 몸으로 맞으며 걷다 보면, 마음에 내리는 비는 슬그머니 위로받을 수도 있으리라. 비 오는 날은 우산이 필요하지만, 가난했던 어린 시절에는 우산은 없어도 되는 것이었다. 있다 해도 종이우산이 대부분이었기에 비바람이 세게 불 때에는 뒤집히기 일쑤였다.

사람이 살다 보면 비 내리는 날도 많다. 이럴 때에 우산 역할을 해 주는 것이 한 가정에서는 가장이 아니겠는가. 지(紙)우산도 귀했던 것처럼, 경제가 어려우니 아버지의 우산 노릇은 허약하기 짝이 없었다. 형이 대학에 갈 때 일 년을 휴학해야 했고, 중학 2학년부터는 학교에서 돌아오면 반 농사꾼으로 살아야 했다. 하교한 후 달빛을 벗 삼아 밭작물을 지게로 나른 적도 있고, 수업료를 내지 못하여 등교 정지도 당해 보았다. 비에 흠뻑 젖으면, 비 맞을까 조마조마하던 마음이 없어지고 용기가 나는 것처럼, 그런 초년고생 속에서 굳은 의지를 키우는 용기를 얻었는지도 모른다.

나라의 우산 노릇은, 조선시대에는 왕조가 하였다. 이들이 튼튼하게 우산을 받쳐들지 못하였기에 일본의 지배를 받게 되었고, 한반도는 해방 후 지금까지 분단된 상태로 남아있는 것이다. 찢어진 우산이 된 셈이다. 대한민국 건국 이후에는 정부를 비롯한 위정자가 우산 노릇을 하고 있다. 우리나라는 지리적으로 강대국에 둘러싸여 비바람이 그칠 줄을 모른다. 역사적으로 이들 이웃나라들에게 끊임없이 찢겨왔다. 지금 육십여 년간 우리 우산이 뒤집히지 않은 것은, 먼 나라 미국이 '자유 민주국가'라는 이념 아래 핵우산까지 동원하여 받쳐주고 있었기 때문이라 생각한다. 세계 10대 경제대국으로 발전할 수 있었던 것도 그 혜택이 있었다는 것을 6·25전란을 살아온 세대들은 부인하지 못할 것이다.

무서운 속도로 변화하는 국제관계 속에서 우리는 앞을 내다보는 혜안과 현명한 사리 판단을 할 수 있는 능력을 갖춰야 한다. 과거에 집착하여, 나라

201

의 앞날을 힘들게 만드는 것도 바람직하지 못하다. 국민의 힘을 한데 모으는 일은 우리가 시급히 이루어야 할 일이다. 이런 것들이 폭풍우가 불어와도 까딱없는 튼튼한 우산을 받쳐 드는 일이 될 터인데, 눈 앞에 펼쳐지는 정치 현실은 걱정스럽기만 하다. 외세에 억압당하는 굴욕적인 역사가 또다시 반복되지 않기를 빌 뿐이다. 상념 속을 헤매다 보니, 어느새 보슬비 내리는 아파트 정원에 당도하여 우산 속을 걷고 있다.

자동차 이야기

우리 동네 길에 나서면, 외제차가 거의 반은 되는 것 같다. 그중에서도 벤츠 차량이 눈에 띄게 많다. 그런 환경이다 보니, '우리도 저 벤츠를 한번 타 봐?'라는 생각이 마누라의 눈치에서 내게까지 전해진다. 벤츠 매장에 한두 번 들렀더니 안내문이 계속 날아온다. 그보다 더 고급차들도 있지만, 내 사거리 밖이라는 생각이다. 서양 말에, 집은 재산의 1/10을 넘지 말고, 차는 1/100을 넘지 말라는 말이 있다. 항상 내가 유념하는 말이다.

차를 처음 구입한 것은 76년도 종합병원을 사직하고, 개원하면서 구입했던 앰뷸런스였다. 그 후 자가용 승용차도 샀고, 계속해서 기아-현대로 이어지는 국산차 애호자였다. 93년도에 그랜저를 신형으로 바꾸고 3~4개월쯤 지났을 때 '급발진' 사고가 났다. 제조사에서는, 운전자 책임으로 돌렸다. 이 사고로 H 차에 대해 크게 실망하게 되었다. 수리해서 타던 차에서 '윙윙' 괴상한 소리가 날 때는, 무더운 여름날 길 가운데서도 엔진을 꺼야 했던 생각을 하면, 지금까지 애착을 갖고 타오던 국산 차이지만 다시 타고 싶지 않았다.

H 자동차는 정기적인 점검 시스템이 없다. 차 구입 후 2년만 지나면 고장

203

5부 | 독자가 왕이다

이 시작되어 수시로 정비소를 찾아야 했다. 아마도 노조에서 시내에 산재해 있는 자동차 정비소들의 부탁을 받고, 이 시스템을 무력화시키지 않았나 하는 의구심까지 든다. 더구나 이 회사 제품은 노조 파업기간에 구입하면 불량품을 살 수 있다는 소문도 들었다. 일부러 볼트를 조이다 만다는 것이다. 이들의 잦은 노조파업이 결국 소비자에게 부담을 얹어주는 구조가, 국산차를 외면하게 만드는 것이다. 선진국이라는 착각에서 벗어나, 파업 대신에 선진 기술 습득에 열을 올릴 때라 생각한다.

단골 정비사의 '고장 없는 차' 추천을 받아 S 차로 바꾸었다. S 차는 노조 파업이 심하지 않고, 정기적인 점검을 해 주기 때문에 고장 없이 9년을 탔고, 중고차를 인수한 사람에게서 "좋은 차를 넘겨주어 감사하다."는 전화까지 받았다. 사람도 정기적인 건강진단을 통하여 관리해야 질병 없이 오래 살 수 있지 않은가. 오래 탄 차를 바꾸면서 신형 S 차들을 살펴보니, 수입차에 비해서 가격은 큰 차이가 아닌데, 차의 구조나 내부 좌석이 불편하게 느껴졌다.

개인 병원을 할 때는 외국산을 구입하면, 즉시 세무조사가 따른다고 했으나, 어느덧 세월이 흘러 수입차의 소비도 많이 늘었다. 7년 전 병원을 정리하면서 고장 없고 실용적인 수입차를 살펴보았다. 울어도 벤츠를 타고 울어야 한다는 사람도 있지만, 내 정서에 맞는 차를 본 것이다. 어떤 이는 골프장에 가는 부인, "기죽지 말라."고 벤츠 중고를 사 주었다고 들었다. 하지만 기가 살고 죽는 것은 본인 마음먹기에 달린 것이지 싶다. 세계적으로 많이 팔리는 차(best selling car)가 믿을 수 있지 않을까. 무엇보다 제일 요구되는 사항이 고장 없이 잘 굴러갈 것, 좌석이 편안할 것, 이 두 가지가 필요 충분 조건이었다. 일제차 C를 선택했다. 승차감은 좀 떨어지지만, 지금까지 한 번도 실망을 준적은 없다.

친구 D 작가는 십 년이 넘어 자꾸 고장 나는 국산 애마를 정이 들어 얼른 버리지 못하고 거금을 들여 자꾸 수리하고 있었다. 그 후 H 사의 새로 나오는 준중형 고급차 G로 갈아탔으나, 운전석의 시야가 너무 안 좋고 좌석이 협소하여 거금을 손해보고 취소하였다. 자문을 구하는 그에게 독일이나 일제 차를 권하였다. 그는 요즘 값이 비싸지 않은 외국산을 운전하면서 크게 만족하고 있다. 국산차들도 애국심에만 호소할 때는 지났다. 앞으로 십 년 내에 자율주행 전기차의 시대가 오리라는 예견이다. 이때 고용 조정이 자유롭지 못한 회사들은 살아남지 못할 것이라 한다. 구조조정이 힘든 우리 기업들이 하루 속히 대처해야 할 일이다.

이제 햇수로는 차를 또 바꿀 때가 되지 않았나 싶고, 주위에 고급차들이 줄지어 다니니 아내는 은근히 바꿔 타고 싶은 눈치이다. 벤츠 매장에 들러보니 내 경우엔 취등록세가 면제되는(2000cc 이하) 가격으로 살 수 있었다. 하지만 우리에겐 안 맞는 점이 많았다. 마님은 주로 타고 백화점에 자주 가는데, 고급차를 탄 여성은 범죄의 표적이 되지 않던가. 심심찮게 사고도 잘 내는 편이다. 수리비가 비싸기에, 운전이 자유스럽지 못할 것이다. 사람이 차를 모시고 다니는 꼴이 되지 않을까. 물론 고급차는 고장 없이 잘 나가고 승차감도 뛰어나고 고급 성능들이 구비되어 있겠지만, 그 많은 성능들이 모두 필요한 것은 아니라 한다. 경제 전문가 G 씨는 '고급 소비를 줄여라. 우리 경제가 망가지는 과정에서 현금이 필요한 때가 곧 온다.'고 설파한다.

여러 날을 생각해 보고 결론을 내렸다. 벤츠를 타고 기분 좋게 한번 달려보는 것도 좋겠지만, 지금까지 한 번도 속 썩이지 않고 잘 달려준, 좌석도 편

205

안한 현재의 애마를 꾀부릴 때까지 타는 것이다. 고급승용차가 아니기에 운전도 자유스럽고, 흔히 볼 수 있는 차이기에 범죄의 표적이 될 염려도 없다. 선녀 같은 동반자를 옆에 모시고 신경 쓰는 대신에, 정이 들어 마누라같이 편안한 짝과 함께 갈 데까지 가보는 것이라고.

지금 가라앉고 있는가

역사를 보면 어느 나라든 흥망성쇠의 길을 걷는다. 망하는 경우는 전쟁에서 패하는 경우가 대부분이지만, 근대에 와서는 국가의 동력이 떨어질 때 그 나라는 스스로 주저앉게 된다. 급격하게 인구의 노령화가 오거나, 젊은이들의 근로의욕이 떨어지면 결국 나라의 동력을 잃게 되는 것이다. 지상에 발표되는 바와 같이 우리나라 인구의 노령화와 저출산은 세계에서 제일 앞줄에 서 있다. 젊은이들은 사회 경제적 상황으로 소위 삼포시대(연애, 결혼, 출산을 포기), 혹은 오포시대(삼포에 인간관계, 내 집 마련을 포기)를 외친다.

오래 쓰던 프린터기가 고장 나서 오늘 다시 사려고 S 전자 대리점에 갔다. 당연히 제품에 대한 장단점에 대하여 친절한 설명이 있을 줄 알았다. 내가 이해력이 부족한지, 여직원의 설명은 성의가 없었다. 스마트폰 매장에만 열심이고 값이 비싸지 않은 프린터기는 찬밥이었다. H 마트로 가 보았다. 여기서는 아르바이트인지 직원인지 구분이 안 되는 젊은 청년이 제품에 대하여 잘 모르고, 설명도 잘 못하였다. 심지어 고장난 전화기를 새로 사려고 물어

보아도, 멀리 떨어져서 먼 산만 바라본다. 넋 나간 듯한 젊은이를 보니 우습다가도, 삼포시대를 살아가는 젊은이의 표상처럼 느껴져 슬프기까지 하다. 조용한 소리로 옆에 있는 아내에게 말했다. "망하는 소리가 들리는군."

집에 와서 생각해 본다. 1970년대 초 전공의 시절에 인공관절 수술을 한참 시작하던 때였다. 의료 기구를 팔던 짐머(Zimmer)라는 외국 회사의 한국 대리점에 백 모라는 직원이 있었다. 수술이 있어 전화를 하니 외국 출장 중이라고, 자기 집에 가서 사이즈에 맞는 인공관절을 골라 가라했다. 그의 집에 가서 보고 놀랐던 기억이 생생하다. 그 부인도 기구에 대하여 박식할 뿐 아니라, 그의 서가에는 정형외과 전공의들이 보는 수술 서적들이 가지런히 꽂혀있었다. 기구 파는 사람이 수술하는 의사 이상으로 밤새워 공부하는 것이다. 기구의 사용법을 설명해 줄 때는 막힘없이 시원하였다. 결국 그는 한국 지사의 사장까지 진급하여, 성공하는 모습을 보여주었다.

몇 년 전만 해도 우리 전자 회사 직원들이 이렇게 열의 없이 근무하지 않았었다. 몇 년 사이에 변해버린 젊은이들의 근무 태도를 보고 너무 비교되어 지난 기억을 떠올려 보았다. 이 시대를 사는 젊은이들은 일하는 데에도 열의가 식어버렸다는 것인가. 큰일이다. 회사가 망해 갈 것이고 이것이 곧 나라의 경쟁력을 떨어지게 만들 것 아닌가. 고장 난 전화기의 A/S 회사에 전화를 걸었다. 평일 오후 6시 전인데 아무도 전화를 받지 않는다. 우리는 '샴페인을 너무 일찍 터뜨렸다.'는 말에 공감이 갔다.

며칠 전에는 S 대 병원 순환기 내과에 갔었다. '담당의 진료가 60분 지연되고 있습니다.'라고 휴대폰에 메시지가 뜬다. 대기실에는 환자가 넘쳐난다. 가만히 살펴보니 거의가 노인들이다. 약국에 가니 거기도 노인 환자들이 가득하고, 삼십분 이상을 기다려야 약이 나온다. 생활수준 향상과 의료의 발달로 노인들 수명이 길어지는 것이다. 우리나라는 2016년 65세 이상 노령인구가 13.6%(678만 명)로 청소년 인구 비율(0~15세. 677만 명)을 추월하였다. 출산율도 1.3명꼴로 세계 꼴찌 수준(190위. 세계평균 2.5)이다.

인구 고령화와 출산율 저하가 심각하다. 결혼은 안 해도 그만이라는 비율이 61%라 한다.(2017년 5월 중앙일보, 닛케이 공동조사. 일본은 53%). 고령사회(노인 인구가 14% 이상일 때)로 접어들면서 점점 생산성 인구 비율이 떨어지는 것이다. 여기에 젊은이들이 일에 대한 열정까지 떨어진다면, 나라의 생산 동력이 식어가는 것이 아닌가. 많은 젊은이들이 평생 편하게 보장받고 살 수 있는 공무원 시험에 청춘을 바치는 일도 바람직하지 않다. 4년제 대학을 졸업하고 다시 전문대에 입학하는 기현상을 없애려면 대학들을 대폭 줄여야 한다. '자기 아이에게 육체적 노동을 가르치지 않는 것은, 약탈과 강도를 가르치는 것과 마찬가지다.'라는 것이 탈무드가 전하는 말이다.

나의 조국, 대한민국은 이렇게 가라앉아 버리나. 힘찬 항해를 다시 계속하려면 무엇보다 행복 지수를 낮춰야 될 것이라 생각해 본다. 배불리 먹는 것만도 행복하고, 수돗물을 펑펑 쓸 수 있는 것도 행복하다고 느낄 수 있도록. 자가용이 없어도, 잘 발달된 대중교통을 이용하면서 행복하다고 여길 수 있는 정도까지 행복 지수를 낮춰보면 어떨까. 남들과 끝없이 비교하면서 상대적 빈곤에 빠지지 말아야 행복해질 수 있다. 우리가 세계에서 밑바닥으로 가난하게 살던 오륙십 년 전을 상기하면서 '노동은 숭고하다.'라고 외치며 다시 일어설 수는 없을까. 한겨울의 혹독한 추위를 겪은 길가의 벚나무들은, 아직 추위가 다 풀리지 않았는데도 가지마다 몽울몽울 꽃눈이 맺히고 있는데.

　　요즘 나라 걱정하는 소리가 카톡을 통해서 끊임없이 날아온다. 단순히 울분을 토하는 글도 있고 우리의 현실이나 나라의 앞날을 예리하게 분석해 놓은 글도 눈에 띈다. 이런 글들을 읽고 월남전에 참전했던 경험에 견주어 생각을 정리해 보았다.

　미군과 한국군의 막대한 지원에도 월남은 패망하였다 패망(敗亡)의 원인은 고위층의 부패와 계속되는 베트콩(현지 공산주의자)들의 활약, 그리고 단합되지 않는 국민의식 때문이었다. 현재 우리나라의 실정이 그들의 패망 직전 양상을 닮아가는 것 같아 심히 걱정된다. 대한민국의 정치는 국회(정치인)가 망치고, 경제는 노조가 망치고, 교육은 전교조가 망친다고들 한다. 사회 곳곳이 정상이 아니다.

　국민은 대화와 타협으로 생산적인 상생 정치를 고대하는데, 정치인들은 자신들의 이익을 위해 진흙탕 속에 파벌 싸움만 하는 추악한 모습이다. 300년 전부터 내려온 당파싸움이 재현되고 있다. 조선왕조의 사색당파는 국력의 결집력을 약화시켜 임진왜란, 병자호란 같은 치욕의 역사를 불러오지 않았던가. 한반도는 지정학적으로 강대국들의 전략 요충지임에도, 국가의 장래는 안중에도 없다. 우리처럼 주위에서 위협받고 있는 나라는 외교 안보에서만은 여야가 따로 없어야 한다. 노조들은 허구한 날 좌파 정치인들과 합세하여 아스팔트로 나선다 그들의 요구는 미래가 없다. 몸담고 있는 기업은 망해야 하고, 기업주는 타도의 대상이다. 이성의 실존이 집단의 논리에 의해 재단되는 현실이다.

교육은 대한민국의 역사를 송두리째 왜곡하고 있다. 전교조는 1989년 출발 시의 순수한 교육개혁이 아니라, 정치꾼 및 노조조직들과 어울려 정권 투쟁에만 열을 올린다. 그들에게 교육받은 아이들은 자랑스러운 대한민국의 현대사를 부정하게 된다. 사법부는 어떤가. 이념에 편향되고, 정치에 휘둘리는 판결로 국민의 감정과 동떨어져 있다. 사회 각계각층에 좌파들이 자리를 잡았고, 사법부도 이념에 편향된 법조인들이 많아졌다는 것은 심각한 문제이다.

나라의 현실은 이러한데, 좌파들은 더욱 활개를 친다. 국민의 생명과 한미 연합군의 안전을 지키기 위하여 정부가 고심 끝에 결정한 사드 배치를 무조건 반대하면서 주민을 선동하고 국론을 분열시킨다. 김정은의 핵 개발에 대해서는 말이 없고, 욕 한마디 못하면서 우리가 뽑은 대통령에 대해서는 비방과 욕설을 서슴지 않는다. 국민의식을 선도해야 할 대중 매체들도 국익이 무엇인지 길을 잃고 헤매고 있다. 월남전 당시 월맹의 승리를 북한에서 벤치마킹한다는 첩보가 있었다. 그것이 사실이라면 지금의 우리 사회는 베트남을 따라가는 형국이다.

2017년 등장할 야권 집권세력은 친중반미(親中反美)의 성격을 띨 가능성이 높다. 이러한 방향성은 사드 방어체계 배치를 둘러싸고 야권이 보인 입장에서 잘 드러난다. 2017년 대선에서 이 야당연합이 승리하면, 미북 평화조약과 주한미군 철수를 밀어부칠지도 모른다. 사드 배치가 무산될 경우 한미동맹은 타격을 받을 것이다. 미군의 안전이 보장되지 않는 곳에 그들이 주둔하기 힘들 것이기 때문이다. 한미동맹이 종료되는 날, 한국은 중국, 북한, 심지어 일본으로부터도 많은 협박과 불이익을 당하게 될 것이다. 조선시대 왕의 즉위도 중국의 허락을 받지 않았던가. 중국은 자유민주주의 국가가 아니다. 권위주의 일당독재 국가이고, 인권은 물론 언론 집회의 자유도 통제되고, 직접선거도 없는 나라이다.

이대로는 안 된다. 북한 체제에 굴복할 수는 없다. 월남 패망 후 수많은 난민들이 바다에 배를 띄워 보트피플로 희생되지 않았던가. 중국의 속국으로 조공을 바치면서 살 것인가, 미국의 동맹국으로 남을 것인가는 역사가 말해준다. '역사를 잊은 민족에게 미래는 없다.'는 말을 잊어서는 안 된다. 용기 있는 지식인들과 깨어있는 많은 국민들이 침묵을 깨고 제 소리를 내서 뭉쳐야 산다. 국민이 한마음으로 단결하는 것이 신무기나 핵무기보다 훨씬 강하다. 6·25 때 한강 진지에서 방어하던 한 병사가 '생명을 바쳐 나라를 지키겠다.'고 말하는 것을 듣고 맥아더 사령관이 즉시 지원군 파병을 결정했다고 한다. 하늘도 스스로 돕는 자를 돕는다.

광화문 연가

　　맑게 갠 오월의 하늘 아래, 광화문 K 호텔에서 치러진 '조경희 수필문학상' 시상식에 참석하였다. 글쓰기를 지도해 주시는 J 선생님께서 제12회 수상자로 선정되셨기에 찾아온 식장(式場)이었다. 돌아오는 길에 우리 문학교실의 S 선생님과 세종문화회관 앞으로 버스를 타려고 돌아다녔다. 마침 토요일이라 소위 '태극기 부대'의 시위모임이 있어, 그들의 진행 모습을 지켜볼 기회였다. 내 자신이 보수로 자처하는 노년이기에, 평소 이들의 모임에 관심과 기대가 컸었다. 하지만 눈에 비치는 이들의 시위 모습은 만족스럽지 못하였다.

　　이들의 시위가 광화문 광장, 대한문 앞, 서울역 앞 광장, 이렇게 세 곳에서 각각 이루어진다는 말이 제일 안타까웠다. 왜 한군데로 합쳐서, 조직적으로 행사하지 못할까? 한편에선, 이들의 주장이 서로 갈라져, 보수끼리의 동상이몽(同床異夢)이란 소문도 들려온다. 참석자들은 노년층이 대부분인데, 젊은이들을 동참시키는 작업을 왜 하지 못할까. 시위 장소와 이들의 행진 가두에는 교통혼잡이 심하여, 주위 일반 생활인들이나 교통 관계자들에게는 짜

213

증나는 일이었다. 시민들에게 호응을 얻으려면 좀 더 계획적으로 일사불란하게 진행해야 되지 않을까. 매주 토요일마다 이어지는 지루한 모임인 때문인지, 힘들어하는 노인들이 앉아있는 모습은, 큰 기대를 가지고 있던 내게 슬그머니 아쉬움을 안겨 주었다.

조선 말기(1894년) 동학농민혁명은, 부패관리 축출과 탐관오리 처벌을 내걸고 농민군이 한데 뭉쳐 일어났다. 관군도, 똘똘 뭉친 이들을 제압하지 못하고 청나라군과 종래에는 일본군까지 동원되어 진압하기에 이르렀다. 봉건적 신분체제의 타파까지 부르짖던 동학군이 실패한 것은, 숫자는 많았지만 일본군의 조총 같은 신무기를 이겨내지 못하였고, 후반에 동학군이 과격파와 온건파로 갈려 단합하지 못한 것이 주요 패배 요인으로 꼽힌다. 이를 총괄하던 전봉준도 결국 상금에 눈 먼 옛 동지의 배신으로 잡혔다고 하니, 얼굴이 붉어진다. 하지만 이 동학혁명은 점차 항일 의병적 성격을 띠게 되었고, 후에 3·1운동의 씨앗으로 계승하였다고 한다. 지금 태극기 부대들의 주장이 조금씩 갈려있다 해도, 이런 국민 시위가 없는 것보다 진정 희망적이다. 어느 날 함께 뭉쳐 저 확성기 소리처럼 힘찬 밑거름이 되어, 자유조국을 우뚝 세우는 원동력이 되기를 바라본다.

"뭉치면 살고 흩어지면 죽는다."라는 어록이 문득 생각난다. 해방 직후 좌익과 우익으로 나뉘어 분열하고 있을 때, 국민의 단합을 호소하기 위한 이승만 대통령의 말씀이라 한다. 우리세대는 6·25전란 때 이 말을 많이 들었다. 난리 통에 어린 초등학교 학생들의 가슴에 절실하게 와서 박혔던 말이다. 일본인들은 '조선 사람들은, 하나씩은 무섭지만 여럿이라면 겁날 것이 없다.'고 한다지 않은가. 서로 이간질을 시키면 금방 무너진다는 뜻이다. 임진왜란은 왜 일어났나? 임란(1592년)이 있기 근 십년 전(1583년)에, 현신(賢臣) 율곡 이이는 십만 양병설을 왕에게 간하였다. 이에 일본의 태도를 정탐하러 보낸 사신, 황과 김은, 침략 가능성에 대하여 서로 다른 말을 했다. 사람들은 자기가 원하는 쪽을 믿고 싶어 하는 것이다. 요즘 집권세력이 선전하는 '전쟁 없는 평화'는 아무도 보장하는 주체가 없는데도 국민이 믿고 있는 듯하다. 준비없는 인간들이 영원한 평화로 가는 단 하나의 길은 복종이다. 차제에 광화문 부대가 제일 슬로건으로 내걸어야 할 구호가 '튼튼 안보', '자유-대한 수호'가 아닐까 싶고, 이런 큰 가치 아래 함께 가야 하지 않을까, 라는 생각이 든다.

우리나라는 지금 친북좌파 정권이 들어섰고 정부 요직에도 모두 그들과 함께하는 인사들이 앉아있다. 민노총 전교조 ○○사제단 등 헤아릴 수 없이 많은 친북단체들이 사회 전반에 깔린 그들의 세상인데, 김정은은 왜 무장해제까지 하고 있는 남한을 점령하지 못할까? 현 정부에서 주장하는 것처럼, 우리가 양보하고 변하니까 저들도 변하고 있는 것일까? 아닐 것이다. 첫째는 주한미군 때문이고, 둘째는 민주주의를 신봉하는 우리 국민 때문일 것이다. '모든 권력은 국민으로부터 나온다.'는 헌법 정신으로 살아온 지, 반세기가 훌쩍 넘은 민주공화국 국민이다. 저 방탄소년단의 미국 공연 엔딩곡 장면을 보라. 자유스러운 율동과 거침없는 몸짓은 수만의 관중을 열광시키고 세계를 감동시키고 있다. 이런 국민을, 어떻게 현재 진행되는 북한의 틀에 박힌 잣대에 맞출 것인가 자신이 없을 것이다.

매주 토요일 광화문 등지에 모여 연가를 부르는 태극기 부대는, 집권세력에 맞서는 야당에게, 견제세력으로 살아남을 수 있도록 힘이 되어 줄 것이다. 견제세력이 있어야, 북한처럼 일당독재 정치체제에 빠지지 못하도록, 자유 대한을 지킬 수 있지 않을까. 선진 자유-민주 국가에는 언제나 건전한 야당이 튼튼하게 자리 잡고 있다. 이런 의미에서 토요일 마다 일어서는 그들에게 큰 박수를 보낸다.

벤츠를 타고 기분 좋게 한번 달려 보는 것도 좋겠지만, 지금까지 한 번도 속 썩이지 않고 잘 달려준, 좌석도 편안한 현재의 애마를 꾀부릴 때까지 타는 것이다. 고급승용차가 아니기에 운전도 자유스럽고, 흔히 볼 수 있는 차이기에 범죄의 표적이 될 염려도 없다. 선녀 같은 동반자를 옆에 모시고 신경 쓰는 대신에, 정이 들어 마누라같이 편안한 짝과 함께 갈 데까지 가보는 것이라고.

심오한 삶의 가닥으로 응축된
아름다운 날갯짓

지연희 | 전)한국수필가협회 이사장

심오한 삶의 가닥으로 응축된
아름다운 날갯짓

지연희 | 전)한국수필가협회 이사장

글을 쓴다는 사실은 가슴속 침묵하고 있던 의식의 문을 열어 기억의 흔적을 조합하는 일이다. 마치 범죄수사팀의 수사관처럼 베일에 싸인 삶의 발자국을 한 점 한 점 감성과 지성의 무늬로 밝혀내는 일이다. 어둠의 베일로 빚어낸 지난 밤 달빛의 역사를 은빛 빛살로 환히 각인해내는 작업임에 분명하다. 문을 열고 닫으며 기억의 편린들과 마주서서 의식의 깊은 가운데를 사유의 길로 인도하는 작업이며 무엇보다 수필문학의 이면에는 진리를 향한 구도자의 면벽기도 같아서 다가가면 갈수록 낮아지고 작아지는 작업임을 깨닫게 된다. 심오한 삶의 가닥으로 응축된 아름다운 별 하나의 반짝임 같은 것, 까닭에 수필인은 조용히 차분하게 붓을 들어 인생의 다변화한 품위를 건축해내는 장인이다. 심웅석 시인이 두 번째의 수필집에서 보여주는 총체적 메시지가 장인의 술래가 아닌가 싶다. 시인의 이름으로 등단의 절차를 밟았으므로 편의상 시인이라는 호칭을 드리지만 사실은 어떤 수필가 못지않은 시인, 수필가라고 믿는다. 박학다식한 소견으로 언변가의 진솔한 언술을 보여주는 훌륭한 수필인임에 분명하다.

오늘은 일 주 후에 외래에서 듣게 될, 며칠 전의 병원 검사 결과가 걱정되는 듯, 아내는 "나는 별로 걱정 안 돼요. 괜찮을 거예요."라고 말한다. 이 말에 "나 역시 조금도 걱정 안 해, 죽으면 될 거 아냐." 농담 삼아 말했지만 속마음도 그랬다. '~인간에게 늙음을 주어 마음을 가볍게 하고, 죽음을 주어 쉽게 한다.'고 하지 않던가. 깜짝 놀란 내 짝은 "무슨 그런 무책임한 말을~." 하면서 말을 잇지 못한다. 오늘 새벽에 꿈을 꾸면서 끙끙댈 적에 무서운 꿈을 꾸는 것 같기에 깨워 주었더니, '짝이 없으면 안 되겠다. 짝이란 존재가 참 중요하다.'는 것을 꿈 깨면서 느꼈다는 것이다.

고해(苦海)라는 이 세상을 무겁게 걸어가는 길에서, 짐을 덜어주려고 조물주께서 살아있는 모든 것들에게 '짝'이라는 이름의 동반자를 마련해 주시지 않나, 추리해 본다. 오는 길에는 내 짝이 살포시 팔짱을 끼고 보조를 맞춘다. 도심처럼 복잡하지 않아 여유가 있어 좋고, 언제나 주위 산에서 푸른 숲을 바라볼 수 있어 행복하다. 잘 가꾸어진 단지 내 정원 길을 걸어오는데, 순백의 매화 꽃잎이 벌써 탐스런 수염을 쓰다듬고, 산수유꽃이 노랗게 피어있다. 아직도 추운 삼월 중순인데, 아마도 팔짱 낀 내 짝의 따뜻한 온기가 봄바람을 타고 나무들에게도 전해졌나 보다.

– 수필 「짝」 중에서

정이란 사람 사이에만 존재하는 것이 아니다. 동물이나 좋아하는 물건에도 정이 든다. 우리 아파트 단지에는 초저녁이면 정원을 기웃거리고 다니는 젊은 아주머니가 있다. 내가 산책하는 시간에 매일 보는 일이기에, 궁금하여 하루는 물어보았다. 들고양이 밥을 주려는 것이다. 처음에는 한 쌍이었는데 얼마 전부터는 한 마리만 온다고, 불쌍하여 그만둘 수가 없다고 했다. 따뜻한 봄에도, 눈 내리는 추운 겨울에도 계속하는 이 아주머니의 가슴에는 측은지심이 작동하고, 동시에 떼지 못 하는 정이 자리 잡고 있을 것이라 짐작된다.

'워낭 소리'라는 영화에서도 늙은 소에 대한 할아버지의 정은 많은 관객들의 심금을 울리지 않았던가.

정서가 메마른 사람에게는 정을 줄 만한 마음의 여유가 없으리라. 남을 배려하고 생각해 줄, 따뜻한 가슴을 가진 사람들이 정을 줄 수 있지 싶다. 정이 흐르는 세상은 아름답다. 산중 생활하는 노부부의 주름진 얼굴도 밝았고, 외삼촌의 얼굴도 언제나 웃는 모습이었다. 고양이 밥을 주는 아주머니의 모습도 티 없이 맑은 성녀처럼 보였다. 창밖에는 하루 종일 눈이 내린다. 하얗게 덮인 세상을 보면서 마음을 다진다. 젊은 시절의 욕심과 야망 모두 비우고, 남은 세월 정 주며 살아보자고.

– 수필 「정」 중에서

평생을 한결같은 마음으로 함께하며 하나이듯 살아가면서 대대로 후세를 지켜 나아가라는 의무까지 부여한 '짝'은 조물주가 인류 번영을 위해 조장한 로드맵임에 분명하다. 한 알의 밀알이 세일 수 없는 생명의 알갱이로 번식하는 일처럼 가뭇없는 연속성을 지니고 대물려 이어가는 생명존재의 법칙은 거역할 수 없는 삶의 질서이다. 더불어 서로 외로워하지 말라는 더블 보너스로 주어진 '짝'이라는 이름의 두 사람은 부부의 연을 맺고 희로애락을 나누며 살아가는 사람들이다. 등 기대어, 어깨 기대어 의지하는 관계의 너와 나의 따뜻한 모습이 수필 「짝」에서 제시하는 메시지이다. 서로의 아픔을 나누고 위로하고 보살피는 사랑이 둥글게 순환되고 있다. 하지만 문득문득 주시하게 하는 심웅석 수필의 저변에는 건강상의 염려 때문인지 '내려놓고 비우는' 쓸쓸하고 아픈 이별을 앞세우곤 한다. 나이가 들면 어느 누구도 언젠가 이 불안한 미지의 세상에 가 닿을 것이라는 예감을 버리지 못한다. 그러나 동네 산책코

스 천변의 카페에 앉아 아내가 들려주는 '함께하는 행복'의 기쁨어린 대화에서도 염려의 마음을 보내는 필자의 모습이 아프지 않을 수 없다. '넓은 유리창으로 들어오는 아름다운 전원주택들과 낮은 산을 바라보면서 아내는, "당신과 함께 커피를 마시면서 저 풍경을 바라보는 것이 내게는 잊지 못할 행복이에요."라고 말하곤 했다. 그 말이 내게는 '당신이 가고 난 후 혼자라도 여기 와서 아름다운 추억을 더듬어 볼래요.'라는 말로 들려와, 가만히 듣기만 했었다는 것이다. 그렇게라도 짝 잃은 외로움을 달랠 수 있다면 다행이라는 생각이 들었기 때문이다. 삶은 애초부터 영원할 수 없는 존재임에 분명하지만 부부의 산책길 아름다운 카페의 추억은 오랜 시간이 지난 후에도 두 사람이 함께 추억하는 추억 읽기가 되었으면 기도한다. 수필 「정(情)」은 사랑한다는 가슴속 깊은 울림으로 시작된 오랫동안 성숙한 대상과의 긴밀한 관계를 일컫고 있다. 그대로 믿음이 되고 의지가 되는 사람과 사람의 아름다운 모습이다. 그러나 사랑 했음에도 결혼하여 성급하게 이혼이라는 결별을 선언하게 되는 커플들이 이 시대에 적지 않음을 확인하게 된다. 심웅석 수필의 견해는 '사랑이 익어 정으로 변하는 과정에서 실패했기 때문일 것이다.' 했다. 사랑이 익어 정으로 숙성되어지는 과정을 거치지 못한 커플들이 경험하는 실패의 아픔이라는 정의이다. 사랑하는 마음은 잘 변하고 길게 지속되지 못하는 속성을 지닌 까닭이라 한다. 미국 코넬대 하잔 교수의 통계에 의하면 사랑의 지속 기간은 18~30개월이라고 하며 첫사랑이 오래 남는 것은 이루어지지 않았기 때문이라 수필의 서두에서 밝힌다. 맑은 물을 퍼내고 퍼내어도 지속되는 깊은 우물 물처럼 情은 오랜 시간 변치 않는 따뜻한 가슴을 지닌 사람들에게서 퍼 나르는 우물 물임을 이 수필은 말하고 있다.

그 싱싱하던 5월의 장미는 어느덧 여왕의 모습을 잃어가고, 지친 복서처럼 맥 빠진 모습을 하고 있다. 유월 들어, 장미는 하루하루 기운이 빠져서 힘없이 바람에 흔들린다. 집 옆에 흐르는 냇물의 둔치길로 매일 걸으며, 꽃잎들이 조금씩 시들어 가는 모습을 보면, '산 것은 반드시 죽게 되고(生者必滅), 만나면 언젠가 헤어진다(會者定離)'는 어록이 떠오른다. 변함없는 철학이다. 정든 사람도 언젠가는 곁에서 떠나게 되는 것이다.

떠날 날이 저만치 보이기에, 남아서 슬퍼할 사람을 생각한다. 수술받은 지가 팔 년 되었고, 지금 쓰는 약의 효과가 아주 좋다고 주치의 K 교수는 말하고 있지만, 마음의 준비를 한 지는 오래되었다. 죽음은 인연을 맺어온 산사람들의 몫이지, 가버린 당사자와는 상관없는 일이다. 어느 날 갑자기 떠나면서 남겨진 슬픔을, 가슴속으로 삭이면서 견디어 낼 수 있는 면역력을 길러주는 것이 좋을 듯했다. 이별 연습으로 생각해 낸 것이, 잠잘 때 각방을 써보는 것이다. 안방에서 같이 잘 때는, 글머리가 생각날 때마다 부스스 일어나 서재로 향하면서 아내의 숙면을 방해하지 않았나, 내심 미안했었다. 보름 전부터는 잠자리를 서재 침대로 옮기면서, 이 미안함도 해소되고 이별 연습도 될 것 같아 일석이조의 효과를 얻는 기분이다.

- 수필 「이별 연습」 중에서

오늘은 병원 가는 날이다. 언제나 아내가 운전을 해 준다. 노련한 운전 실력으로 수지 성복동에서 혜화동 S 대학 병원까지 가는 데 한 시간이면 도착한다. 숙련된 솜씨라 해도 팔 년째 계속되는 '병원 가는 날'이다 보니 고마운 생각과 안쓰러운 생각들이 뒤섞인다. 노년에는 병원 가까운 곳에 살아야 좋다는 말을 이제야 실감한다. 가는 곳이 암 병원이기에, 추적 검사를 통해서 그간의 경과를 알아보는 것이니 누구나 긴장하는 날이다. 가며오며 치료받으며, 나는 과연 자신의 길을 걸어왔는지, 많은 생각들이 오간다.

심웅석 수필집 | 친구를 찾아서

암 병원에는 항상 환자들로 가득하다. 옛날에는 나이가 많아지면 무슨 병인지도 모르고 '노환'이란 이름으로 죽었는데, 이제는 의학의 발달로 죽지 않고 병원 인생으로 살아가고 있다. 젊은 환자가 머리 다 빠진 것을 볼 때에는, 가슴이 많이 아프다. 이 젊은이들의 인생이 한 번에 무너지는 소리를 듣고, 그 부모들은 놀라서 굳어졌을 것이다. 잠깐 살다가 죽어가는 것들에 관하여, 그리고 그것과 닮은 잃어버린 청춘에 대하여, 오늘도 시를 쓰지 않을 수 없다. 이것이 마지막 남은 내 자신에 이르는 길인지도 모른다.

- 수필 「병원 가는 날」 중에서

무엇을 위하여, 무엇을 연습하며 살아가는 사람들이 있다. 올곧은 인성을 키우기 위하여 끊임없이 마음의 굴절을 바로세우는 연습과 깊은 성찰의 기도로 '나'를 찾는 일까지 보다 가치 있는 삶을 걸어가기 위한 극한의 수행이다. 따라서 비록 내일 죽음을 앞둔 사람이 아니어도 「이별 연습」은 건강한 젊은이들에게도 가능한 요건이 된다. 다만 위의 수필 「이별 연습」은 육신에 머문 병고로 초연히 내려놓는 앞선 좌절감 같아서 염려하게 된다. 이제 세상 속 모든 삶의 의미와 단절하게 된다는 극도의 허망함이 이별을 준비하는 모습은 아닐까 싶어서이다. 생명 탄생과 동시에 죽음을 예비하고 있는 것이 생명을 지닌 존재들의 아이러니이지만 가꾸어 살아가는 관리자의 노력에 비례하는 생명 연장의 힘이지 싶다. 시와 수필을 사랑하는 남다른 의지의 문학인이 심웅석 시인이다. 첫 작품집 출간 이후 그리 길지 않은 짧은 시간에 다시 두 번째의 시집과 두 번째의 수필집을 동시에 출간하는 여력에 놀라워하고 있다. 시인의 문학 사랑을 믿고 있는 사람 중의 한 사람으로 다시 우렁차게 세상을 딛고 일어서 활기찬 창작수업에 임해 주시리라 믿고 있다. 수필 「이별연습」

은 '새로운 삶을 설계하기 위한 연습'이기를 기원한다. '오늘은 잠자리에 들기 전에 오미자차를 앞에 두고 소파에 함께 앉았다. "요즘은 무슨 글을 쓰고 있어요?" 묻는 말에, "이별 연습." 이 말을 들은 아내는 "그래서 따로 자는 거예요, 그래요? 안 돼!" 그녀의 목소리가 떨리고 있었다. 오미자의 새콤달콤한 맛이, 살아온 인생의 맛과 비슷하다는 생각이 들어 빙긋이 웃었다. 아무 말도 할 수 없었다.'는 문장 속 여운이 아프게 청각을 스치며 남는다. 수필 「병원 가는 날」이다. 큰 문제가 없어도 매년 정기 검사를 받고 결과를 보러 가는 날이면 누구나 가슴이 두근거린다. 건강상의 어떤 변화가 생긴 건 아닌가 하는 염려 때문이다. 하물며 건강에 적신호를 받고 있는 사람들에게는 진단 결과에 대한 두려움으로 혈압이 오르기도 할 것이다. 심웅석 부부가 병원에 도착하여 담당 의사로부터 듣게 되는 예상치 않은 결과는 실의에 머물게 하는 충격이 아닐 수 없다. 재발되었다는 진달 결과에 고심하셨을 환자의 심정을 어떻게 다 헤아릴 수 있겠는지 다만 안타까울 뿐이다. 심웅석 시인은 조기 발견으로 팔년 전에 좌측 폐 부분 절제술을 받은 후 아무 치료 없이 잘 지냈는데 사년 만에 재발되어 몇 군데에 전이가 되었다고 한다. 이후 말기암 환자가 되어 흉부외과에서 종양 내과로 전과가 되었으며, 고심 끝에 S대 병원으로 전원하였다. 그곳에서 K 교수를 만나 말기 암 환자로 4년이 넘도록 건강한 삶을 살게 되었는데 이번에 받은 검사 결과 또다시 전이되었다고 한다. 다만 감사드리는 일은 주치의에 대한 믿음이 깊어 최대한의 생명 연장은 기대하고 있어 다행스럽다. '그가 인도하는 대로 진료를 받으면, 무난히 이겨내리라는 생각이 든다. 설령 이겨내지 못한다 해도, K 교수를 따라가면 적어도 하느님이 내게 주신 천명은 다 누릴 수 있으리라는 믿음이 있어 마음이 편하다.'는 것이다. 또한 '잠깐 살다가 죽어가는 것들에 관하여, 그리고 그것과 닮은 잃어버린 청춘에 대하여, 오늘도 시를 쓰지 않을 수 없다.'는 시인의 건강 회복을 위하여 우리 모두는 충심으로 기도드리지 않을 수 없다.

'지금'의 상실은 존재의 상실이다. 우리 속담에 '생일날 잘 먹으려고 이레를 굶는다.'고 했고, 서양에는 '부자로 사는 것이, 부자로 죽는 것보다 낫다(To live rich is better than to die rich)'라는 말이 있다. 미래를 위하여 지금을 희생하는 어리석음을 빗댄 말이다. 주위에 구두쇠 노릇을 하며 비난받는 돈 많은 재산가들을 본다. 그들은 생을 마감할 때 아마도 살아온 인생을 후회하지 싶다.

긴급한 사태를 당하면 사느냐 죽느냐, 가 있을 뿐이다. 이 순간에, '살아있다'는 것에 대한 감사를 느낄 때 비로소 우리는 '지금'으로 돌아오게 된다. 수년 전, 내 건강에 적신호가 발견되었을 때 미래의 꿈을 모두 접었다. 보이는 것은 '지금' 뿐이었고, 숨을 쉬고 있다는 것에 감사할 따름이었다. '지금 여기'를 변화시킬 수 있는 방법이 아무것도 없었고, 이 상황에서 빠져나갈 수가 없었다. 모든 내부 저항을 가라앉히고 '지금 여기'를 받아들이고, 내맡기게 되었다.

'내맡김'이라 함은 '지금 여기'를 순순히 다 받아들이는 것이다. 이 속에는 위대한 힘이 있고, 내맡기는 사람만이 영적인 힘을 가질 수 있다고 한다. 이 상태에서는 과거에 대한 원망, 미래에 대한 걱정이 아무것도 남아있지 않다. 지금 이 순간을 살고 있다는 것에 감사할 따름이다. 부정적 감정은 인간 정신 속에 축적 되어온, 과거의 오염물질이다.

— 수필 「삶은 '지금'이다」 중에서

얼마나 자유로운 이름인가, 건달. 매인 일도 없이 바람처럼, 하고 싶은 대로 하고 사는 인생. 얼마나 행복한가. 파란 하늘과 청단풍 잎새 춤추게 하는 산들바람의 유혹에 끌려, 성복천 둔치 길을 바쁠 것도 없이 터덜터덜 걸으며 생각해 보니, 내가 건달이다. 맑은 공기 맘껏 들이마시는 나는 자유다.

어렸을 적에는 할 일 없이 빈둥거리며 노는 사람, 바람이나 피우고 다니는 사람을 건달이라 부르며 손가락질했다. 건달은 돈을 벌기 위하여 열심히 일하지 않는다. 욕심을 부리고 누구와 심각하게 다투지도 않는다. 바람 부는 대로 환경에 순응해서 세상을 가볍게 살아간다.

지난 시절에는 가난을 이겨내려고, 누구나 무슨 일이든 닥치는 대로 한눈팔지 않고 열심히들 해냈다. 이제는 생활도 편해지고 삶도 풍요로워졌다. 하지만 주위가 온통 기계화되고 정형화되어 인간미가 사라졌다. 이웃집 건달 아저씨가 빙그레 웃어주던 옛날의 그 인정(人情)이 그리워진다.

건달은 삶이 행복할 것이다. 조바심치며 출근할 일도 없고, 직장에서 상사에게 꾸지람 들을 일도 없고, 돈이 많아 머리 굴릴 일도 없다. 아무것도 두려워하지 않는다. 세웠던 계획이 성공하지 못할까 봐 애태울 일도 없다. 어차피 틀에서 벗어난 인생이다. 시간이 널널하니 무엇이든 생애에 하고 싶은 일을 골라서, 서두를 것 없이 하면서 살면 그만이다.

- 수필 「건달」 중에서

「삶은 '지금'이다」라고 한다. 오늘 이 순간을 시각적으로 감각적으로 호흡하는 생동감 있는 확인이야 말로 살아있는 기쁨이며 슬픔이기도 한 까닭이다. 희로애락의 파노라마를 몸소 감각하며 과거와 미래의 역사를 조감하게 하는 '지금'은 가감 없는 삶의 가치를 재단하게 한다. '내맡김'이라는 것은 '지금 여기'를 순순히 다 받아들이는 것이며 이 속에는 위대한 힘이 있고, 내맡기는 사람만이 영적인 힘을 가질 수 있다는 것이다. 이 상태에서는 과거에 대한 원망, 미래에 대한 걱정이 아무것도 남아있지 않으며 지금 이 순간을 살고 있다는 것에 감사할 따름이라고 한다. 부정적 감정은 인간 정신 속에 축적되어

심웅석 수필집 | 친구를 찾아서

온, 과거의 오염물질이라는 것이다. 심웅석 시인이 언급하는 수필의 의도는 '지금' 이 순간의 위대함도 순간 지나가 버리면 희미한 기억과 불확실한 예감을 낳는 기우에 불과하다는 것이다. '날이 밝으면 일하고 어두워지면 잠자는 할머니는 꽃피는 봄과 낙엽 지는 가을이 반복되는 세월을 살면서, 자연의 질서에 따라 '지금'을 살아야 한다는 단순한 진리를 터득한 듯 할머니의 얼굴은 늘 평화스러웠다.'는 것이다. '지금'이라는 바로 이 순간의 삶은 신이 인간에게 부여한 '생존의 가치'를 재는 절대 공간이며 절대 시간이라는 것을 이 수필은 극명하게 언급하고 있다. '수년 전, 내 건강에 적신호가 발견되었을 때 미래의 꿈을 모두 접었다. 보이는 것은 '지금'뿐이었고, 숨을 쉬고 있다는 것에 감사할 따름이었다. '지금 여기'를 변화시킬 수 있는 방법이 아무것도 없었고, 이 상황에서 빠져나갈 수가 없었다.'는 것이다. 지금 이 순간이 가혹하리만치 내포한 삶의 의미가 얼마나 소중한가를 선명하게 들려주는 부분이다. 수필 「건달」을 감상하기로 한다. 옛 시절의 익숙한 언어와 익숙한 사람들의 모습이 연상되어 오육십 년 전 격동의 시대로 돌아가 잠시 머뭇거렸다. 아무 할 일 없이 거리를 배회하며 생산적 삶의 길을 모색하는 것이 아니라 직장을 갖지 않고 자유로운 영혼으로 이리 저리 방황하던 사람들이 떠 오른다. 수필 「건달」은 지금 심웅석 시인이 바로 그 건달 노릇을 하고 산다는 언급을 하고 있다. 다만 젊은 시절 생존 경쟁에서 낙오하지 않으려고 공부도 열심히 했으며, 일도 쉴 새 없이 고희(古稀)를 넘겨 건강 연령이 받쳐줄 때까지 하고 은퇴하였으니, 이제 건달이 되어 빈둥거린다 해도 욕먹지는 않겠지 싶다는 것이다. 사실은 아무도 시인이 현재 살아가는 삶을 두고 '건달'이라는 사람은 없을 것이다. 스스로 자유롭기를 위한 겸손일 뿐 어디까지나 지난날에는 대한민국 의료인의 한 사람으로, 현재는 대한민국 시인의 한 사람으로 혼신을 다하여 집필에 열중하고 계신 분이어서 '건달'의 호칭을 얻기에는 자격이 부족한 셈이다. 자신의 노래를 조용히 부르는 무명 작가로 살기로 하신 분, 무엇이 되어 보려고 욕심부리는 것보다, 비우고 자유스럽게 사는 행복에 묻혀 영육을 자연에 적립하신 분이다. 시인은 영혼이 맑은 사람들이라고 한다. 부질없는 욕망으로 '머리 굴리는' 세류에 기웃거리지 않는 참 시인의 모습이 돋보인다.

한평생 살면서 시간을 어떻게 쓰느냐에 따라 성공과 실패가 결정된다고 생각한다. 살면서 시간이란 나이에 따라 그 모습이 달리 다가온다는 것을 알았다. 오늘은 서울로 문화 교실에 가는 날이라고 아내는 서둘러 아침 식사를 차린다. 이제 일어나서 세수하고 식사를 하면, 설거지와 그 뒤치다꺼리를 한 후 출발해야 되니, 시간에 늦을 것이다. 그냥 차려놓고 가라, 하는 것이 그녀에게는 더 홀가분할 것이다. 그녀가 출발한 후 늦잠을 즐길 생각으로 한잠 늘어지게 자고 나니, 창밖에서 햇님이 웃고 있다. '너무 게으르지 않나.' 하고 빈정대는 웃음이다. 맛있는 기지개를 켜며 시계를 보니 11시를 넘기고 있다. 시간을 쪼개어 쓰던 젊은 날을 회상해 본다.

은퇴한 사람에게 시간은 어머니 같은 것이다. 주고주고 끝도 없이 준다. 건강만 잘 유지하면 시간은 얼마든지 주어진다. 자연환경을 따라 여기 버들치 마을에 이사 와서 살고 있다. 이사 온 지 얼마 되지 않아 냇가 길을 걷다가 이 동네에 유명한, 수령이 높은 느티나무 밑에 앉아 쉬고 있을 때였다. 내 또래의 한 노인이 다가와 옆에 앉으며 말했다. 자기도 얼마 전에 이사 왔다고 소일거리가 없어 시간 보낼 일이 큰일이라고 땅이 꺼지게 걱정하고 있었다. 그 모습이 마치 빈 겨울 들판에서, 눈 맞으며 서있는 허수아비처럼 외롭게 각인되어 잊히지 않는다.

– 수필 「시간(Time)에 대하여」 중에서

심웅석 수필집 | 친구를 찾아서

둔치 길을 걷다 보니, 광교산이 풀어내는 맑은 냇물이 소리 내어 흐르고 오리 떼 몇 마리 노니는 모습이 평화롭기 그지없다. 생각에 잠겨 걷는 길가에, '아름다운 소하천'이라는 표지석이 보인다. 바로 이것이다! 큰 강은 유명하고 스케일이 크지만, 그 이름값을 하기 위하여 크게 흘러야 하는 아픔이 있을 것이다. 자유스럽게 졸졸 흐르는 작은 시냇물이 아름답다. 나도 조용히 노래하는 작은 냇물로 흐르리라. 무엇이 되어 보려고 선전하고, 미사여구로 아름답게 꾸미려 애쓰지 말고, 자연스러운 표현들로 편안하고 나지막하게 내 영혼을 노래하리라. '성공이 행복의 열쇠가 아니라, 행복(幸福)이 성공의 열쇠라고. 자기 일을 진심으로 사랑하는 사람은 이미 성공한 사람이라.'고 하지 않았던가(슈바이처).

반백의 부부가 도란도란 손을 꼭 잡고 둔치 길을 걷는다. 등이 굽은 노인은 친구 노인과 나란히 걸으며 이야기가 계속이다. 유치원생인 듯한 사내아이가 흰 강아지를 끌며 힘겹게 씨름을 한다. 옆에서 갓난아기를 안고 있는 엄마가 말한다. "아이 이제 끌고 나오지 말아야겠네." 문득 애기 엄마가 딸 같은 친근감이 든다. "운동은 어떻게 시키려고?" 웃으며 한 마디 했다. "저것 보세요, 저 애도 무섭다고 막 뛰어 도망가잖아요." 초등학교 2학년쯤 되어 보이는 여자 어린이가 앞으로 달음박질을 친다. 서로 배려하는 마음이 아름답다.

옛날 고향에서도 가을이 되면 개울물은 한층 깨끗해졌다. 맑은 시냇물이 흐르고, 파란 하늘엔 하얀 뭉게구름이 한가롭게 떠 있다. 무엇을 더 욕심내랴. 아름다운 자연 속에서 인정어린 이웃들과 어울려 살며, 작은 목소리로 내 인생을 노래할 수 있으면 되지 않나. 큰소리로 읊을 수 있는 만족할 만한 글은, 아마도 요단강 저쪽에나 있을까 싶다. 돌아들어 단지 내 공원 벤치에 앉으니, 벚나무 잎새들이 발갛게 물들고 있다. 가을이 깊어가나 보다.

– 수필 「아름다운 소하천」 중에서

현대인의 삶은 시간에 쫓기는 일상으로 정신없이 살아가고 있다. 그만큼 녹록지 않은 삶의 어려움을 반증하는 일일 것이다. 그러나 그 같은 바쁜 일상이 남긴 흔적들은 각자가 짊어진 일의 정도에 따라 성과로 남게 된다. 시간으로 투자한 일들이 보상하는 결과는 정치, 경제, 문화, 사회 어떤 분야이든 활용되어진다. 수필 「시간(Time)에 대하여」는 순간순간 째깍거리는 시간의 발자국이 노력한 만큼 풍성한 삶의 편안을 약속한다는 의도이다. 시간을 헛되이 보내지 말라는 잠언이다. '문득 시간은 모든 것을 해결해 주는 해결사 같은 것이라 생각된다. 풀리지 않는 걱정거리도 말없이 흐르는 시간이 해결해 준다. 인생의 정답도 흘러가는 시간 속에서 안개가 걷히듯 모습을 드러낸다. 시간은 세월을 낳고 세월은 추억을 만든다. 모든 추억이 아름답게 남는 것은, 시간이 지난날의 기억들을 자신에게 편안한 방향으로 정리하여 추억으로 남겨주기 때문이다.'는 것이다. '시간은 금이다.'라고 했다. 열심히 최선을 다하라는 삶의 방식을 계도해 주는 명언이다. 매사는 각자가 밟고 있는 시간의 가치를 어떻게 활용하는가에 따라 성공과 실패를 가늠하게 된다는 것을 시인의 지난 삶의 체험으로 들려주고 있다. 지방자치제가 지속되면서 각 중소도시의 지자체들은 지역 살리기에 관심을 두어 첫째가 오염된 하천을 살리기 위한 일에 주력했다고 생각한다. 구정물이 흐르던 하천에 맑은 물이 흐르고 물고기가 터를 잡고 각종 철새들이 날아와 자연의 아름다움을 꽃피워내고 있는 것이다. 수필 「아름다운 소하천」은 작은 물줄기로 흐르는 광교자락의 천(川)을 지시하고 있다. 그러나 이 수필이 의도하는 의미는 '작은 것의 아름다움'을 내포 한다. 큰 욕심 없이 자신이 하고 있는 일에 열심이다 보면 시간의 흐름에 따라 일의 성과에 가닿는 아름다움을 인식하게 된다. 광교산이 풀어내는 맑은 냇물이 소리 내어 흐르고 오리 떼 몇 마리 노니는 모습을 평화롭게 그려 내고 있다. 생각에 잠겨 걷는 길가에, '아름다운 소하천'이라는 표지석을 만나고 '바로 이것이다!' 감동하게 된다. 큰 강은 유명하고 스케일이 크지만, 그 이름값을 하기 위하여 크게 흘러야 하는 아픔이 있을 것이며 자유스럽게 졸졸 흐르는 작은 시냇물이 아름다워 나도 조용히 노래하는 작은 냇물로 흐르리라 다짐한다. 억지로 무엇에 욕심을 낸다는 일은 내실이 튼튼하지 못하여 부끄러울 수 있다. 그러나 차분하게 주어진 일에 혼신을 다하여 투신하는 일은 스스로의 가슴에 꽃을 피우는 아름다움이 된다고 믿고 있다. 또한 '성취'라고 하는 성공에 이르는 결과물에 이룰 수 있다. 무엇과도 바꿀 수 없는 자신감이 심웅석 수필이 지닌 위대한 자존감이 싶다. 무엇보다 문학은 글로 말한다. 좋은 작품은 어느 시간 속에서도 별빛처럼 빛날 수 있는 까닭이다.

우리나라 농촌의 전형적인 시골집이다. 떠난 지 반세기가 훌쩍 넘어, 선산 성묫길에 찾아간 어릴 적 살던 고향집은 한 마디로 폐허였다. 멀쩡하던 기둥들은 뼈대만 앙상하고 초가지붕은 허물어져 비가 새는 몰골이다. 오랜 기간 외지 생활하면서, 힘들고 외로울 때 얼마나 그리던 고향이었던가. 여름날 밤에 멍석 깔고 별을 헤던 넓은 마당에는 잡초만 무성할 뿐, 그 옛날의 발자취는 아무 데도 찾을 길이 없다. 망연히 바라보고 있으니 옛날 생각들이 두서없이 꼬리를 문다.

초등학교 입학하기 이년 전에 여기로 이사 와서 고등학교 졸업 후 서울로 공부갈 때까지 내가 살았던 집이다. 오류 세때, 집 뒤 언덕 앵두나무 아래서 놀다가, 작은누나가 깨끗이 닦아놓은 뒷마루에 흙을 한 주먹 집어 던지던 개구쟁이 시절은 행복했었다. 중 2때는 휴학하고 이른 아침에 아버지께 한문을 배우고 아침 식사 후에는 들에 나가 농사일을 했다. 길게 소리내어 읽는 글소리를 들으려고 저녁에는 동네 아낙들이 모여들던, 살구나무 안쪽 사랑방은 기운이 다 빠진 할배처럼 누워있다.

상념을 헤매다 보니 어느새 날이 저물어, 초저녁 둥근 달이 떠오른다. 울 안에서 탐스럽던 감나무 대추나무들이 초라한 긴 그림자 드리우고, 귀뚜라미 우는 소리만 처량하다. 내 청소년 시절의 꿈을 간직한 고향집이, 많은 이야기들을 묻어둔 채 소리 없이 울고 있다.

– 수필「고행의 빈집」 중에서

조팝나무꽃이 조신한 새색시처럼 하얗게 핀 이 봄날에, 겨울 산과 그 산자락에 서 있는 겨울나무들을 생각하는 것은 무슨 조화인가. 겨울처럼 저물어 가는 나이에, 꽃피던 젊은 시절이 생각나기 때문인가. 기운이 넘치던 젊은 시절에는 눈 덮인 태백산도, 속리산도 올랐었다. 멀리 바라보이는 눈 속의 겨울나무는 마치 젊은 날을 다 보내고, 인생의 마지막 계절을 조용히 살아가는 노인을 연상케 한다.

이십여 년 전 가까운 동기생 몇 명은 동부인으로 태백산 등반에 나섰다. 산 밑에 위치한 숙소에서 눈 내리는 2월의 밤은 깊어 가는데, 친구들은 밤이 깊도록 잠들지 못하고 정담을 나누었다. 그중에 먼저 간 친구가 있어, 그리움이 가슴에 젖어든다. 살아 천년 죽어 천년이라는 주목나무들이, 세차게 불어대는 산바람을 씩씩하게 받아내며 산 위에서 우리를 반겼다. 눈 쌓인 태백산은 가르침을 주었다. 2월 하순이라 날씨가 풀린 줄 알고 방한복을 가볍게 차려 입고 가서 추위에 떠는 나에게 '준비는 항상 철저히 하라.'고 일러 주었다.

– 수필「겨울 산, 겨울나무」 중에서

고향을 떠나 객지에서 살아가는 사람들에게는 고향 그리움의 향수가 있다. 외롭고 힘든 타향살이 낯선 사람의 물결 속에서 지치고 힘겨울 때 문득문득 가슴 아리게 지펴지던 그리움의 대상이다. 수필 「고향의 빈집」은 반세기 만에 찾아간 고향집의 폐허 속에서 먼 옛날의 발자취를 짚어내는 모습이다. 고향집은 심웅석 시인이 초등학교 입학하기 전부터 고등학교 졸업 때까지 살았던 추억의 공간이다. 여름밤이면 명석 깔고 별을 헤며 순수의 꿈을 키우고 빗던 공상의 텃밭이다. 고향의 시골집은 때묻지 않은 자연의 일부가 되어 맑은 동심을 키우고 무한한 이상의 밭을 경작하게 하던 때로 돌아가 하염없이 기대고 싶어지는 그리움이다. 서울에서 공부하는 막내아들에게 보내주신 아버지의 장문의 편지는 구절구절 은근한 사랑이 묻어나는 글귀였다고 한다. 얼른 공부 마치고 아버지에게 효도하겠다는 꿈은 바로 무너져 버렸던 안타까움이 깃든 고향집에 반세기 만에 찾아왔다. '선산 성묫길에 찾아간 어릴 적 살던 고향집은 한마디로 폐허였다. 멀쩡하던 기둥들은 뼈대만 앙상하고 초가지붕은 허물어져 비가 새는 몰골이다.' 무수한 시간의 덮개가 한때 다감했던 식구들의 흔적을 지우고 있는 듯 넓은 마당에는 잡초만 무성할 뿐, 그 옛날의 발자취는 아무데도 찾을 길이 없다는 허망함으로 이 수필은 지워버릴 수 없는 그리움을 남기며 마무리된다. 한 그루의 나무를 충심으로 키우는 산은 자신의 등을 타고 오르고 내리는 사람들에게 면면히 가르침을 준다. 뿌리 깊은 공력으로 키를 키우고 산을 오르는 용기와 산을 내려오는 겸손까지 묵언수행으로 짚어 준다는 것이다. 거의 다 내려온 산자락에서 아이젠을 풀고 걷다가 얼음판 위에서 넘어져 엉덩방아를 찧게 되었다는 화자는 인생의 내리막길은 오를 때보다 더 조심해야 한다는 교훈을 얻게 된다. 눈 덮인 겨울산은 속세에 찌든 때를 깨끗이 씻어 주고 온갖 모순으로 덮여 있는 세상의 상처를 치유하는 헌신의 모습이다. 가지에 무수히 매달려 있던 잎새 떨어진 겨울나무는 자식을 모두 짝지어 떠나보내고 홀연히 남아 빈집을 지키는 어버이 같아 쓸쓸하다고 한다. 수필 「겨울 산, 겨울나무」는 '세찬 바람이 불어 닥칠 때는, 아버지 가슴으로 우는 소리가 되고, 울면서 온기를 품어 눈 속에서도 복수초를 꽃 피우며, 다람쥐들에게 도토리나 산밤을 양식으로 남겨주는 어버이'로 존재하고 있다. 산은 그대로 웅장한 이상의 높이만으로 존재하는 대상이 아니고, 그 품에 생명을 뿌리내리고 있는 존재들을 위한 헌신의 자세로, 품에 안아 자식을 기르던 우리 내 어버이의 모습임을 들려준다. 심웅석 수필의 에너지는 굳건한 정신력이다. 무엇이건 하지 않으면 견딜 수 없는 의지의 집합이다. 솔직하고 당당하기까지 한 그의 수필은 있는 사실에 충실하여 다소는 오해의 소지를 낳게 할 수도 있지만 굳이 감추고 싶지 않은 진실에 이해를 구하기도 할 것이라 믿는다. 2019년 심웅석 문학의 한 해 결산의 의미는 인생 전반의 정산이 아니라 내일의 삶을 새롭게 설계하기 위한 이정표라고 생각한다. 더 큰 문학인의 자리에 서 주시기를 기대하며 작품 읽기를 마무리한다.

친구를
찾아서

심웅석 수필집

친구를
찾아서

심웅석 수필집